嘘つきは殺人鬼の始まり
SNS採用調査員の事件ファイル

佐藤青南

宝島社
文庫

嘘つきは殺人鬼の始まり　ＳＮＳ採用調査員の事件ファイル

第一章

「あなた、誰？」

見知らぬ女から突然そんな言葉を投げかけられたら誰だって面食らうだろうが、それが自宅の玄関先だったらなおのことだ。

チャイムが鳴ったのでドアを開けたら、見知らぬ女が立っていた。年齢はおそらく二十代前半。目線の高さはおれと同じくらいなので、女性にしては背が高い。目はひときわ大きいのに、顔はおれの握りこぶしほど。手足が長く、すらりとしたモデル体型で、それを好むかはともかく、人目を引く容姿なのは間違いない。

そんな女が、つんと顎を突き出して開口一番、「あなた、誰？」。

いやいやなにをおっしゃいますやら。人の家を訪ねておいてその言い種《ぐさ》はないでしょうよ。相手が相手なら怒鳴りつけられるか、ぶん殴られても文句は言えないぜ。

そんなことを考えながら、おれは軽く首をかしげた。

「友人です」

なだらかな二つのアーチを描く女の眉が、不自然に歪《ゆが》む。

「友人？　誰の」

「ここの住人の」

「住人？ 人が住んでるの？ ここは株式会社ディザーブじゃないの？」

なぜその名前を？

思ったが、もう後には退《ひ》けない。

「違います」

女は怪訝《けげん》そうな顔で、たすき掛けにしたハンドバッグからスマホを取り出した。液晶画面をスワイプし、なにかを探しているようだ。

おれはさりげなくドアを閉めようとしたが、なにかが挟まって閉まらない。女が片足を差し入れていた。

「なにをする」

おれの目の前に、女がスマホを突き出してくる。

画面に表示されているのは、なにかの書類だった。

「ディザーブの商業登記簿。これによれば、本店の所在地はここになっている」

東京都中野区野方《のがた》某丁目某番某号。女が口にした住所は、マンション名の部屋番号まで、間違いなくこの部屋を示している。

「なにかの間違いだ」

「間違ってたら登記申請なんて通らない」

「そんなのどうとでもなる」

「どうしてあなたがそんなこと言えるの？　あなたはこの部屋の住人ではなくて、ただの友人なんでしょう」

　ぎくりとした。

　してやったりという感じで、女が唇の端をつり上げる。

「やっぱりそうだ。ここがディザーブで間違いない。あなた、社員なの？　っていうか、どう見ても一人暮らしの家だから、取締役の潮崎真人《しおざきまさと》本人でしょ」

　素直に認めるべきかどうか。おれは女の全身に視線を這《は》わせながら、彼女に問うた。

「きみはいったい、誰だ」

「まずは私の質問に答えて。あなたが潮崎なの」

「だったらなんだ。なんの用だ」

　女は自分の顔を指差した。

「よく見て」

　おれは虚を突かれつつも、要求に従って女の顔をまじまじと見つめた。ぱっちりとした目に、通った鼻筋、肉厚な唇から覗《のぞ》く、美しい歯並び。芸能人並みに整った顔立ちだ。実際の芸能人がどんなものかは知らないが。それにしても良い匂いがする。久しぶりに嗅ぐ女の匂いに気が遠くなりそうだ。

彼女と見つめ合いながら、おれは斜め四十五度に首をかしげていた。

「どう？　思い出した？」

そう言うからにはどこかで会っているのだろう。だが、まったく心当たりがない。

しばらく考えて、おれはかぶりを振った。

「いいや。どこで会ったのか教えて――」

突然火花が弾《はじ》け、女の姿が消える。

目の前に広がるのは、煤《すす》けたクリーム色の壁紙だった。

いや、これは壁ではなく天井だ。

おれは仰《あお》向《む》けに倒れていた。首を軽く持ち上げると、女が痛そうに右手を振っている。そこでようやく、殴り倒されたのだと気づいた。こぶしかよ。せめて平手にしてくれ。

「なにをする」

起き上がろうとして、鼻からどろりとなにかが垂れる。口もとを手で拭ってみると、赤く染まっていた。

女が三和土《たたき》に立ち入ってきて、おれは尻餅のまま後ずさる。

「むかつく。私の顔すら思い出せないような男に、人生をめちゃくちゃにされたなんて」

冷たく見下ろす視線を受け止めながら、女の顔をあらためて観察した。

「どど、どちら様ですか」

恐怖のあまり敬語になってしまう。

「灰原茉百合《かいばらまゆり》」

「か……？」

灰原茉百合？　聞き覚えはあるが、どこで聞いた名前なのか思い出せない。

「なんで思い出せないの」

茉百合と名乗った女のこぶしがぴくりと動く。

おれは自分の頭を両手で覆った。

「待ってくれ！　ヒント！　せめてヒントをくれ！」

「ヒントォ？」

不機嫌そうに語尾を持ち上げながらも、茉百合は慈悲を見せてくれた。

「首都テレビ」

充分すぎるヒントだった。

「やっと思い出したみたいね」

諦めとあきれと安堵《あんど》の入り混じったような笑みだった。

思い出した。

おれは彼女のSNSの裏アカを特定し、調査結果を報告書にまとめて提出した。

その結果、彼女は就職試験に落ちた――ということだろう。

首都テレビはおれのクライアントだった。

おれの仕事は企業からの依頼を受けて志望者の裏アカを特定する、SNS採用調査員。

いわばネット限定の探偵だ。

鼻から引き抜いたティッシュのこよりは、先端が真っ黒に染まっていた。出血は止まったようだ。

玄関にはゴミで膨らんだコンビニ袋がいくつも積み上げてある。おれはそのうちの一つの隙間に血染めのティッシュをねじ込み、流しで手を濡《ぬ》らして鼻を拭いた。

「なんで本人じゃないふりしたの」

背後から声がして振り向くと、茉百合はシングルベッドに腰かけ、組んだ脚をゆらゆらと揺らしていた。来客などまずない独身男の散らかった汗臭い部屋で、モデルのようなスタイルのひと回り以上若い女はまったく馴《な》染《じ》む気配もなく浮き上がっている。

「お茶でも飲むか」

返事を待たずに薬缶《やかん》に水を入れ、火にかけた。

「飲まないよ。湯呑《ゆの》みとか洗ってなさそうだし」

「湯呑みは使わない。紙コップにティーバッグだ」

そもそも来客がないので、ティーバッグを使うこと自体久しぶりだった。

「ティーバッグの消費期限は？」

「消費期限なんかない」

「あるよ。カビが生えてるかもしれない。箱に書いてあるから確認して」

箱に印字された消費期限を確認する。

「先月切れてる」

「一か月なら許容範囲。飲む」

「飲むのかよ」

「そんなことより、質問に答えてもらってないんだけど。なんで本人じゃないふりしたの」

覚えてやがったか。

「ＳＮＳ限定とはいえ、いちおう探偵だからな。むやみに正体を知られるわけにはいかない」

「なるほど。借金してるんだ」

「人の話聞いてたか」

振り返ると、茉百合はハガキを手にしていた。ローテーブルの上に放置していた郵便物の山から、消費者金融の督促状を見つけたらしい。

「お金、ないんだね。私のこと、借金取りだと思った?」

「思ってない」思った。

「借金取りって、強面《こわもて》の男の人ってイメージだけど」

その通りだが、債務者のドアを開けさせるためにはなんでもする連中だ。居留守《いるす》を使う債務者が悪いという当然の前提を踏まえた上であえて言うが、やつらは人の姿をした鬼だ。

薬缶の笛が鳴る。おれは茶を淹《い》れた紙コップを、一つ茉百合に手渡した。彼女は「ども」と軽く肩をすくめ、警戒するようにコップの中を覗き込みながら茶を啜《すす》る。

「一人でやってるんだね。もっと大きな会社かと思ってた」

「ある程度のノウハウにPC一台、それと根気強ささえあれば事足りる。仕事の性質上、取引先のほとんどは企業だからな。法人化しておいたほうがなにかと便利だ」

「ハッタリが大事……ってことか」

身も蓋もない表現だが、間違ってはいない。取引先の担当者の誰も、ディザーブが三十六歳独身男の住居も兼ねた八畳ワンルームとは考えてもいないだろう。ホームページにもフリー素材のオフィス写真を使っている。

「こちらからも質問させてもらっていいか」

「なに」

「うちの会社を、どうやって知った？」

所在地や代表者名は登記簿で調べればわかる。

だが問題は、うちが企業の採用調査を担当しているのをどうやって知ったか——だ。SNSの裏アカが原因で落とすにしても、まさか企業の人事が外注先の名前をそのまま伝えることはあるまい。

「安田《やすだ》」

「安田？」

「知らないの？」と意外そうにされた。

「首都テレビの人事部長」

「おれがやりとりしているのは、森本《もりもと》という人間だ」

もっともメールだけのやりとりなので、森本という人物の顔すら知らないが。

ともかく部長というからには安田は人事部のトップだろうから、森本の上司ということになる。そんな人物がなぜいち就活生とつながっているのか。

真相は意外なほど単純だった。

「私、安田と寝たから」

「寝た、というのは」

「子どもじゃないんだからわかるでしょ。添い寝しただけとでも思ってるの。セックスしたの」

「きみは首都テレビの人事部長の愛人か」

「違う。内定とるために一回寝ただけ。あんなキモいハゲ親爺《おやじ》と、恋人ごっこなんてできない」

茉百合に悪びれる様子はまったくない。

「つまりきみは、人事部長と寝ることで採用を約束された?」

「そう。だから私が落とされるなんて、ありえないはずだった。一晩だけ目を瞑《つむ》って我慢すれば、来年の春にはキー局の女子アナとしてテレビに出て、たくさんのお給料もらって、イケメン俳優とかお笑い芸人と仲良くなる予定だったのに」

ジャーナリズムの欠片《かけら》も感じさせない私欲丸出しの将来設計がいっそ清々《すがすが》しい。

「それは申し訳なかった」

「謝るぐらいなら最初からやるな」

「なら、謝らない。少しでもきみの慰めになればと、謝罪の言葉を口にしてみただけだ」

茉百合の鼻に皺《しわ》が寄る。

　おれは紙コップに口をつけた。安物のティーバッグで淹れた茶はかなり薄く、ほとんど白湯《さゆ》だった。

「安田という男が、うちのことをペラペラしゃべったのか」

「そんなわけない。しゃべらせた」

「どうやって」

「ぜったいに落ちるはずがなかったのに、納得いかないじゃない。通知が来てすぐに安田に連絡を入れた。問いただしても最初は煮え切らない感じだったから、私たちの関係をバラすって脅した。採用を餌に食い物にされたとSNSに書き込むって」

　安田という男も相当な屑《くず》だが、茉百合はそれすら上回るしたたかさの持ち主だ。おれは安田に同情してしまう。

　ともあれ、茉百合がディザーブの介在を知った経緯はわかった。

「デリヘルでバイトしていることが明らかになって、安田もきみをかばいきれなくなったってことだな。いくら人事部長の肝煎りといっても、そんな事実が明かされてなお推し続けたらさすがに不自然だ」

　おれが茉百合の裏アカを特定した結果判明したのは、彼女の秘密のアルバイトだった。新宿歌舞伎町のデリヘルに『ゆうな』という源氏名で在籍していたのだ。キー局のアナウンサーとして採用される予定だっただけあって、店のランキングに顔を出すほどの人気嬢だったようだ。

「あなたが余計なことしなければ」

「余計なのはきみのバイトだと思うが。これから人前に出ようと思う女が、風俗でバイトなんかするな」

「何か月かやって稼いだら、すぐに辞めるつもりだった」

「リゾートバイト感覚だな」

「お店のホームページでも顔出ししてなかったし、SNSだって鍵アカだった」

鍵アカというのは鍵付きアカウントの略で、投稿は原則非公開となる。投稿を閲覧できるのは管理者が許可したアカウントだけだ。茉百合の言う通り〈ゆうな〉のアカウントは鍵付きになっていた。

「とはいえ、きみの裏アカのフォロワーは三百人近かった。それだけの人間の、顔と名前は一致するのか」

「ほとんどね」

「ということは、全員と面識があるわけじゃない」

「フォロー申請してきたアカウントは、プロフィールとか過去の投稿《ポスト》とか読むし」

「秘密は漏れた」

茉百合が不快げに唇を曲げる。

「私のフォロワーの誰かが漏らしたの？」

「いいや。おれが自分で〈ゆうな〉のアカウントにフォロー申請して、きみからフォローの許可をもらい、過去の投稿を閲覧した」

「嘘《うそ》だ。あんたみたいなおっさん――」

「〈ＴＳＵＫＡＳＡ〉」

　おれがその名を口にしたとたん、茉百合の顔色が変わった。しばし呆然《ぼうぜん》とした後で、我に返ったように口を開く。

「だってあのアカウント――」

「池袋の『美女っ子クラブ』で働くデリヘル嬢。バンプ、ラッド好き。同じ夜職の人とつながりたい。気軽に絡んで」

　茉百合はふたたび言葉を失ったようだった。口を軽く開いた状態で固まっている。

「おれが考えた。きみにフォロー申請する直前にプロフィール文を書き換えた」

「でも、〈ＴＳＵＫＡＳＡ〉の投稿見たけど、かなり前からＳＮＳやってた」

「こういうときのためにいくつもアカウントを育ててる」

「キモッ」

　心の声がつい漏れてしまったという口調が、地味に傷つく。

　けれどまっとうな反応だ。仕事のためとはいえ、おっさんが女性のふりをして投稿するアカウントをいくつも作っているのだ。話だけ聞いたら、おれだって気持ち悪いと感じる。

しかも本音や愚痴を吐き出すためにこっそり作った裏アカを特定するなんて、悪趣味きわまりない。法律的にはグレーでも、倫理的には確実に黒だ。しかもおれ自身、この仕事に愉《たの》しみを見出してしまっている。

「じゃあ、〈TSUKASA〉は実在しないってわけ?」

「池袋のデリヘルには在籍してる。きみをフォローしたアカウントの持ち主ではない」

池袋の『美女っ子クラブ』にTSUKASAという女は在籍している。しかしホームページでも顔出ししていないため、実際に指名でもしないとアカウントと同一人物か確認できない。

「バンプやラッド好きっていうのは?」

「きみの表アカの投稿にそれらのバンド名が挙がっていたから、〈TSUKASA〉のプロフィールに載せた。たしか幕張メッセのライブに行ったときの写真を投稿していたな。数字が並んだタイトルの曲で感動したと——」

「最悪」と嫌悪感たっぷりの表情を向けられた。

「〈TSUKASA〉の正体が『みなしごハッチ』もちゃんと読めないおっさんだったなんて」

「『みなしごハッチ』？」

「『37458』でしょ。あれは『みなしごハッチ』って読むの」

「そうだったのか。おもしろいな」

バンプがBUMP OF CHICKEN、ラッドがRADWIMPSという人気バンドの略称だというぐらいは知っていても、曲は聴いたことがないし、何人組かも知らない。愛好家に話を合わせるのに深い知識は必要ない。向こうは自分が話したいだけなのだ。

「こっちはおもしろくない。それどころか、大好きなバンドを利用されてむちゃくちゃ気分悪い。これからラッド聴くたびにあなたの顔を思い出しそう。どうりで、若いのにバンプとラッドが好きなんておかしい、と思ったんだよね」

「好きなものが共通しているとわかると、人間は警戒心が緩む」

「だったらマリトッツォとかでいいじゃん」

「きみのタイムラインにマリトッツォは一度しか登場していない。バンプやラッドは頻繁に登場している。どっちのほうが好きかは明らかだ」

「マジでキモいんだけど。鳥肌立ってきた」

茉百合が自分の腕をさする。

「とにかくむちゃくちゃ腹立つけど、なんで裏アカがバレたのかわかって、少しだけすっきりした」

今後はSNSの使い方に気をつけるんだな、という頭に浮かんだ助言は、彼女を怒らせてしまいそうなので腹に留《とど》めておく。デリヘル勤務が表沙汰になったわけでもないし、彼女ぐらい聡明で美しければ、テレビ局以外にも引く手あまただろう。

気を落とさずに今後も就活頑張ってくれ。心の中でひそかにエールを送って会話を終わらせようとしたが、事態は思わぬ方向に展開する。

「私を雇ってよ」

茉百合がそう言い出したのだった。

まどろみに滑り込んできた女の喘《あえ》ぎ声で、次第に意識がはっきりしてきた。

目を開けたおれは、こぶしで壁を強く叩《たた》く。だが隣室のパーティーは終わらない。

もう一度壁を叩いてみたが、結果は同じだった。

「爺《じい》さん……」

舌打ちしながら上体を起こし、マルボロに火を点《つ》けた。

マンションの隣室では、禿《は》げ頭に日本地図のようなシミがあるヨボヨボの爺さんが一人暮らししている。壁越しに聞こえる喘ぎ声は、爺さんの見ているアダルトビデオの音声だ。このところ耳の遠さに拍車がかかってきたらしく、日を追うごとに音量が上がっている。人の趣味をとやかく言うつもりはないが、頭に日本地図を掲げているわりにはグローバルな価値観の持ち主らしく、いまも聞こえるのは、英語の卑猥《ひわい》な単語だった。

煙草《たばこ》を吸い終えても収まらなければ、部屋を訪ねて直接注意しよう。これまでにも何度か注意したことがあった。効果はせいぜい数日だが、ないよりはいい。

深く息を吸う。人差し指と中指で挟んだ煙草の先端が赤くなり、ちりちりと音を立てる。ローテーブルの上に広げていたコンビニ弁当の空き容器に灰を落とし、ノートPCを開いた。

アビコ電算からメールが届いていた。国内五本の指に入る大手電機メーカーも、SNSでの採用調査に乗り出すようだ。最終面接に残した三十七人の就活生の裏アカを特定してほしいという依頼だった。

メールに添付されたURLは、ファイル転送サービスのサイトだった。パスワードを入力して就活生のエントリーシートと履歴書をダウンロードし、ざっと何人かぶんを確認してみる。髪を黒く染め、無難な髪形に刈り揃《そろ》え、真っ直《す》ぐにこちらを見据える顔、顔、顔。そんなに媚《こ》びてまで組織に所属したいものかと思うが、おれが言っても説得力がないか。自由の代償が借金地獄では、犠牲を払う気にもならないだろう。

人間は群れで生活する動物だと、この仕事を始めてつくづく思う。組織に所属することで安心し、どの組織に所属しているかで人としての価値を測る。組織に所属するのを望む者が多ければ、当然選別が行われる。試験や面接の場だけでなく、SNSの裏アカまで特定して相手の本心を探ろうなんて、選ぶ側の傲慢以外の何物でもないが、それでも人は、選ばれて組織に所属したいと願う。

マルボロは根元まで灰になった。喘ぎ声はいまだ収まる気配がない。爺さんのお愉しみに水を差すのは気が引けるが、これじゃ仕事もなにもあったものじゃない。

おれはチューハイの空き缶に吸い殻《がら》を落とし、玄関に向かった。

サンダルを履き、鍵を外して扉を開ける。

するとそこには、茉百合が立っていた。

ちょうどノックをしようとしたタイミングだったらしく、丸くした右手が胸のあたりまで持ち上がっている。

「なんの用だ」

「仕事に決まってるじゃない」

「そうか」

昨日の出来事は夢じゃなかったと再認識する。あまりに現実離れしているせいで、記憶の輪郭がぼんやりと曖昧になっていた。

「社長は？　どこ行くの。そんな格好で出かけたら職質されるよ。口臭いし」

「寝起きで煙草を吸ったからな」

「加齢臭じゃないの」

無遠慮な物言いに顔をしかめる。

それにしても「社長」か。フィリピンパブ以外で初めて呼ばれた。

「隣の爺さんのところに行ってくる」

「なにしに」

「AVの音がうるさい」

部屋の中を顎でしゃくる。とても隣の部屋からとは思えない音量で、女が喘いでいた。

だが茉百合は、そんなことかという感じで肩をすくめる。

「別にいいじゃない。耳が遠いんでしょ。音絞ってなんて言ったらかわいそう」

そう言って靴を脱ぎ、部屋に上がり込んだ。今日の彼女は、なにやら大きなリュックを背負っている。

「やけに大荷物だな」

「PCとか」

床に置いたリュックから、茉百合がノートPCとアダプターを取り出す。続いて取り出したのは、レジャーシートと水筒だった。レジャーシートは一畳に満たないほどの小さなもので、その上にちょこんと座って水筒で茶を飲む。

「昨日きみが帰った後、いちおう掃除したんだけどな」

本当はいちおう、どころじゃない。一年以上クローゼットにしまいっぱなしだった掃除機を久々に稼働させた。

「でもいちおう、私わりと潔癖症っぽいところあるから」

「いちおう、社員なんだから、職場を掃除するという選択肢はないのか」

「まだお給料もらえるかどうかわからないし。たくさんもらえるようになったら考える」

——私を雇ってよ。

おれは最初、茉百合の申し出を断った。当然だ。人を雇う予定も、そんな余裕もない。なにしろ住人の友人のふりをして、借金取りをやり過ごそうとするほどだ。おれに金がないのは、彼女だってわかっているはずだ。

だが、給料は利益が出てからでかまわないと言う。そんなことより自分ばかりがこんな思いをさせられるのは理不尽なので、道連れを増やしたい。彼女はそう言って鼻息を荒くした。首都テレビの人事部長と〈つながった〉時点で就活を打ち切ってしまったため、今年度の就職は諦めており、浪人は覚悟の上らしい。

道連れを増やすなんて恐ろしい考えだが、ただで人手が増やせるのはありがたい。

彼女の押しに負けたのもあって、おれはアルバイト採用を決めた。

しかし勤務日数も時間など、具体的には決めていない。翌日から出勤してくるとは思っていなかった。

「早く裏アカ特定する就活生のプロフィールちょうだい。私と同じ目に遭わせてやる」

ノートPCを開いた茉百合が、両手を重ねて指を鳴らす。目のギラつきが怖い。

「そう焦るな。なんのノウハウもなしに始めたところで上手くいかない」

「じゃあ早くやり方教えて」

やれやれ。おれは自分のノートPCの前に胡座《あぐら》をかいた。

「当然だがまずやることは、調査対象者の表アカウント探しだ。裏アカというからには、当然表アカが存在する。中には完全匿名アカウントとして裏アカのみを作って毒を吐き続ける者もいるが、さすがにそういう場合の特定はほぼ不可能だ。おれたちの仕事は、あくまで表アカウントを所有している者の裏アカ特定だ」

「表アカウントなら、首都テレビのエントリーシートに書かされた」

「そういう場合は話が早いが、そうでなくても、表アカは検索すればすぐにわかることが多い。対象者の名前を漢字で検索してダメでも、ひらがな、カタカナ、アルファベットで検索し直せば、だいたい辿《たど》り着く。上の名前だけ、下の名前だけ、フルネーム。それでもダメなら学校名だな。学生の場合はプロフィールに入っていることが多い」

「オナ中、オナ高とつながりたいしね。私も表アカのプロフに出身校書いてた」

おれは頷《うなず》き、話を続ける。

「上の名前、あるいは下の名前だけをアカウント名にしていて、その名前がありふれたものの場合にはＩＤで絞り込む」

「同じＩＤは使えないから、名前の後に誕生日なんかの、本人にゆかりの深い数字をつける場合がある」

「そうだ。なかなか筋がいいな」

イエーイとピースサインで無邪気に喜ぶところは、まだまだ少女らしい。

「そうやって表アカを見つけたらフォローとフォロワーを見て、相互フォローの中からリアルで関係の近そうなアカウントをピックアップする。対象者の表アカウントと頻繁にコメントのやりとりをしている、同じ学校、同じサークル、同じバイト先のやつとか」

「一緒にどこかに出かけたりご飯食べたりしたら、タグ付けし合うこともあるよね」

「ああ。そうやって対象者と親しそうなアカウントを見つけたら、今度はそのアカウントに飛んで、誰とどういう会話をしているかを見る。表と裏を使い分けているつもりでも、そこらへんの学生レベルならたいしてフォロワーも多くないし、危機管理意識も高くない。グループの中に一人は、裏アカにたいして普段のあだ名で呼びかけたり、迂闊に口を滑らせてしまうやつが交じってるものだしな、会話の内容を見ているだけで、わりと簡単に裏アカを特定できる。ところが、裏アカには鍵がかかっている場合も少なくない。きみがそうだったように」

　茉百合が不愉快そうに顔をしかめる。

「そういうときに、例の〈育てる〉アカウントを使うのね」

「ああ。囮《おとり》アカだな。投稿はなし、アイコンもデフォルトで、アカウント自体作成して間もないような明らかな捨てアカからフォロー申請が来ても、とくに裏アカの場合、簡単には承認されない。だがそれとは逆に、頻繁に投稿もされていて、アイコンにも本人の顔写真が使用してあり、長く利用されているようなアカウントならば、相手の警戒心は格段に緩くなる。職業や趣味などの共通点が多ければなおさらだ」

「〈TSUKASA〉を同じデリやってて、バンプとラッド好きの女の子だと思って油断しちゃった私みたいに、でしょ」

「囮アカの投稿はどこで遊んだとかなにを食べたとか、たわいのない汎用性の高いものにしておいて、疑わしいアカウントへフォロー申請を送る直前に、プロフィールだけを書き換える。対象者の表アカの投稿、裏アカのプロフィールを見れば、プロフィールに共通点を作るのは簡単だ」

苦々しげに腕組みをしていた茉百合が、ふと顔を上げる。

「写真はどうしてるの。〈TSUKASA〉もけっこう写真付きの投稿あったよね。アイコンだってはっきり顔出ししてないけど、どこかのカフェで撮影したような逆光に横顔が浮かび上がるようなお洒落《しやれ》なやつだったし。ネットから無断で引っ張ってきてるの」

「そんなことはしない。画像検索すれば一発で無断引用だとバレる」

「じゃあどうやってるの」

「ネットナンパした女に、写真を提供してもらっている」

「はあっ？」

「リアルに会うことなく、ネット上だけで恋愛を成立させるネット彼女――いわゆるネトカノってやつだ。知らないのか」

「知らないことはないけど」

茉百合が珍しく言いよどむ。その表情は、ネット上とはいえ、どうせ恋愛するならもっとハイスペックな相手を選ぶと雄弁に語っていた。

「これがネットでのおれだ」

おれは自分のスマホでSNSを開き、アイコンを拡大して茉百合に見せた。

液晶画面を覗き込んだ茉百合が目を見開く。

「なにこれ、別人じゃん」

「別人じゃない。間違いなくおれだ。ただし、照明と撮影角度を工夫した上に、アプリで軽く修正を加えている」

　昨今の自撮り写真は修正がデフォルトになりつつあるが、過剰な修正だと人間味が失われる。その点、おれの修正技術は神レベルだ。とても修正を加えたように見えないので、天然物の超絶イケメンにしか思えないだろう。

「〈KENTA〉、二十五歳。青年社長。会社経営してます。幼稚舎から大学まで慶應……って、プロフィールは明らかに詐欺だよね」

「会社経営は嘘じゃない」

「まあね。儲《もう》かってなくても経営はしてるか。ほかは嘘だけど」

「金銭を騙《だま》し取っているわけじゃない。ネトカレ、ネトカノと割り切っている以上、相手にとって〈KENTA〉は実在する」

　スマホをしまうおれを、冷ややかな視線が見つめる。

「夢を与えてるって言いたいわけね。相手の女の子は、ネトカレの〈KENTA〉くんに近況を知らせているだけで、自分の送った写真がそんな使い方されているとは知らないんじゃないの」

「個人が特定できないようトリミングや画像加工している」

「その囮アカウントのためのネトカノは何人ぐらいいるの」

「音信が途絶えた相手も少なくないが、アクティブなものだと八人ぐらいだな。最近連絡が途絶えがちなのも含めると十五人ぐらい」

身体《からだ》じゅうから集めたような吐息を浴びせられた。

「人の裏アカを特定するだけでも屑なのに、ネット上でホストみたいなことやってるなんて」

屑の自覚はある。それでも、そうやって集めたリアルな画像が、閉ざされたアカウントをこじ開ける文字通りの鍵となる。大手の業者にはぜったいに真似できない、うちのストロングポイントだ。

「文句があるならいつでも辞めてもらってかまわない」

「文句はないよ。軽蔑しただけ」

茉百合にはトレーニングとして彼女の大学の同級生数人の裏アカを特定させた後、ちょうど依頼が来ていたアビコ電算の案件を振って実戦に移らせた。すると、その日のうちに三人の志望者の裏アカを特定してみせた。初心者にしては悪くないと上から目線で褒めながら、おれはひそかに舌を巻いていた。おれの場合はだいたい、一人の裏アカを特定するのに平均で一・五日かかる。それが一日――実質数時間で三人だ。

この結果に、野心や向上心を捨てたはずのおれでさえ、ガラにもなく思った。

こいつは使える。

これは大きなビジネスチャンスじゃないか？

それから二日後、おれは新宿サブナードのドトールにいた。

テーブルを挟んだ対面に陣取る美女の名前は、華世《かよ》。眉をひそめた難しい顔で腕組みをし、拒絶のオーラを放っているが、その姿すら神々しい。彼女にならなにをされても許せる。

しかし、残念ながら彼女のほうはそうでなかったらしく、一年前に自分の名前を記入済みの離婚届を突き出された。とはいえ、おれはいまだに判を押していない。つまりおれたちはまだ、れっきとした夫婦だ。

「遅れてすまない。待ったか」

待ち合わせ時刻からおよそ十五分遅れて到着したおれに、彼女は眉一つ動かさずに言った。

「別に。いつもより早くて驚いた。新しい女でもできた？」

本当に心の広い女だ。そして、非常に鋭く利発な女性でもある。

ちなみに十五分の遅刻で済んだのは、茉百合が「なんか、約束あるって言ってなかった？」と教えてくれたからだ。それがなければ一時間どころか、約束自体すっぽかしていたかもしれない。

「女なんかできない」

「できてくれたほうが嬉《うれ》しいんだけど」

「心配してくれてるんだな」

「違う。新しい女ができれば、判をつく決意も固まるだろうから」

そう言って彼女は、離婚届をテーブルに叩きつけるように置いた。びたん、と派手な音がして隣の席の若いビジネスマンふうの男がぎょっとしたが、青年よ心配はいらない。通常運転だ。

「人を雇った」

華世が眉間に深い皺を刻む。

「起きてる?」

「目は開いてる」

「夢遊病とかもあるから」

「意識ははっきりしてる」

「信じられない」

疑わしげに腕組みをされた。

しばらくおれを睨《にら》み、ふんと息を吐く。

「まともに家賃すら払えてないくせに」

「その節はご迷惑をおかけしました」

滞納した家賃の督促が彼女の親に行ったことがあった。いまの部屋を契約する際、連帯保証人になってもらったのだ。当時はいまの事務所から徒歩十分ほどのマンションに家族三人で暮らしていた。いまの部屋が住居兼事務所になったのは、華世たちが出ていってからだ。

「それだけじゃない」

彼女が消費者金融の督促ハガキを差し出してくる。

おれはそれをちらりと見て、華世の顔に視線を戻した。

「新しく雇ったのは非常に有能な人材だ。彼女が期待通りの働きを見せてくれれば、今度こそ事業も軌道に乗る」

「なにが事業よ。人の秘密をお金に換えるなんて、まともな仕事じゃない」

百歩譲って、と彼女が語気を強める。

「何千万も稼いでるならまだしも、借金は減るどころか増えるいっぽうだし。後ろ暗いことをしながら貧乏って、最悪じゃない。いいところなにもない」

「どんな事業だって利益が出るまでには時間がかかる」

長いため息とともに、華世が天を仰いだ。

「まだそんなこと言ってるの。学生時代と言ってることおんなじ。ひとつも学んでないし、成長してない。そうやって粘った結果、利益が出たことなんてあった？　焼き肉だってメロンパンアイスだって、初期投資を回収できずに終わってるじゃないの。おまけに共同経営者に裏切られて資金を持ち逃げされて」

「持ち逃げじゃない。なにか事情があるに違いない」

「どこまでお人好しでどこまで夢見がちなの」

「褒め言葉として受け取っていいのかな」

「褒めてない。あなたはどうしようもないバカだって言ってるの。いい加減に地に足のついた人生を歩みなさい」

　そこで華世が急にトーンダウンする。

「でも、もう関係ないか。あなたはそういう人だもんね。あなたは昔から変わらない。変わったのは私。とにかく判さえついてくれれば、もうなにも言わない」

テーブルを滑って近づいてくる離婚届を避けるように、おれは両手を上げた。

「もう少しだけ待ってくれないか。これまで散々裏切ってきたし、信じられない気持ちもわかる。けれど必ず――」

「もう無理なの」

強い口調に驚いて身を震わせたのは、おれじゃなくて隣の席の若者だった。気の毒な彼は、きっと席選びに失敗したと悔やんでいるだろう。

「付き合っている人がいる」

おれは口に運ぼうとしていたコーヒーカップを取り落としそうになった。

「結婚しようって言われてる」

「人妻を口説くなんて、ずいぶん大胆なやつだな」

「書類上だけの話でしょう。夫婦生活なんてとっくに破綻してる」

言葉が見つからない。これまでのらりくらりとかわしてきたし、それができたのは、華世におれへの気持ちが残っていると高を括《くく》っていたからだった。すぐには無理でも、そのうち元の鞘《さや》に収まるだろうと甘く考えていた。

だが違った。今日の華世は本気だ。目を見ればわかる。

「れ、麗華《れいか》はどうする」

「どうするって？」

「親権とか、いろいろあるだろう」

我ながら卑怯《ひきょう》だ。こんなときに八歳の娘を利用するなんて。

華世が蔑むような笑みを漏らしたのは、おれの狡《ずる》さを見透かしたからだろう。しまった――と思う。

たぶん、いまこの瞬間、華世の気持ちがおれから完全に離れた。それがわかってしまった。

「親権なんてこっちがもらうに決まってるでしょ。いま現在、私と暮らしているんだし、そもそもあなたには麗華を養う経済力もない。借金取りが押しかけてくるような家に娘を住まわせるつもり？」

「麗華は……麗華はなんと言ってる」

「麗華は彼になついてる。一緒に暮らすことになったらどうするって訊《き》いたけど、嬉しいって」

「それは、母親に気を遣ってるからだろう。あの子はやさしいから、母親がなにを望んでいるかを察したんだ。だから、母親の喜ぶ答えを出しただけで、本心から再婚を望んでいるわけじゃ――」

「わかったような口を利かないで」

ぴしゃりと撥《は》ねつけられた。

そこからの華世の口調は、これまでにない拒絶を帯びていた。

「あなたにあの子のなにがわかるっていうの。いつまで経《た》っても子どもみたいにぼんやりした夢ばっかり追いかけて、父親らしいことなんてなにひとつできていないじゃない。あの子の新しい父親を作るのに反対するなら、まず自分が立派な父親になってよね。散々あの子に寂しい思いをさせておいて、文句を言う権利があると思ってるの？　長い時間あの子と過ごしてきた私より、自分のほうがあの子の考えがわかるって？　ずいぶんな思い上がりよね。いい加減にしてちょうだい」

ずずずと慌ただしい音を立ててアイスコーヒーを飲み干した隣席の若者が、いたたまれない様子で席を立つ。

おれも一緒に逃げ出したい気分だが、ここで引き下がるわけにはいかない。

「相手の男はどんなやつだ」

「やさしい人よ。煙草も吸わないしギャンブルもやらない」

「どんな仕事をしてる」

「そんなの、知る必要ある？」

なぜか言いたくなさそうだ。

「大事な娘を預けるんだから、知る権利はある。南の島でエビの養殖をしていたり、手当たり次第に電話して捕まえた年寄りに息子のふりをしていたりしたら困る」

「就活生の裏アカを特定していたりね」

ちくりとおれを刺してから、華世は言った。

「お医者さん」

「ほう」としか言葉が出ない。

「本物の医者だろうな」

「偽医者だって言うの？」

鼻で笑われた。

「江東区《こうとう》に大場《おおば》病院っていう総合病院があるんだけど、そこで働いてる。彼のお父さまが経営しているところなの」

医師というだけでなく御曹司。

華世が付き合っている男の職業を言いたがらなかったのは、おれを傷つけないための配慮だったようだ。それなのにおれは、燃えさかる火の中に全裸どころか油をかぶって飛び込み、大火傷《おおやけど》を負った。

マンションに戻ったのは、日がかたむき始めたころだった。

路上から上を見上げると、三階のおれの部屋のドアの前に、誰かが立っていた。後ろ姿で顔は見えないが、パンチパーマのシルエットで公文竜生《くもんたつお》だとわかる。公文はニッコリ金融という街金の従業員で、ようするに借金取りだ。おれが金を借りている八社の中でも、もっとも仕事熱心な男かもしれない。ほかに債務者はいないのかと思うほど、頻繁におれの部屋を訪ねてくる。

おれが公文の期待に応えることはほとんどないのに、感心なことだ。

おれは遠くの物陰から、公文が諦めて立ち去るのを辛抱強く待った。

しばらくドアをノックしたり、呼びかけたりしていた公文だったが、やがて筆記具を取り出し、メモ用紙にペンを走らせ始める。こうなったらもうあと少しだ。

案の定、メモ用紙をドアに貼り付けた公文が、エレベーターのほうに歩き出す。おれは駆け足でマンションのエントランスをくぐり、エレベーターホールの前を通り過ぎて非常階段ののぼり口に達した。

三階に呼ばれたエレベーターが上昇を始めるのを確認してから、階段をのぼった。三階に到達し、エレベーターの階数表示を見る。公文を乗せた箱がちょうど一階に着いたようだ。

姿を見られないように身を低くして廊下を進み、手すり越しに見下ろしてみる。マンションを出た公文が去っていくところだった。名残惜《なごりお》しそうに何度もこちらを振り返っている。

公文の姿が完全に消えるのを待ってから、腰を浮かせて姿勢を正す。

扉に貼り付けてあるメモを剝がした。

――先月ぶんの回収にうかがいました。お約束の返済日を過ぎていますので金二十万円、至急お支払いください。また返済日のご相談等、お電話いただければ三百六十五日二十四時間いつでも対応させていただきます。お気軽にご連絡ください。

あの風体なのに公文の字はペン習字のお手本のように美しく、文章も丁寧だ。債務者を油断させる手段なのかもしれないが、メモ用紙にさらっと書いてこんなに綺麗《きれい》な字が書けるのなら、街金以外にも就職の口があるんじゃないだろうか。

おれは鍵を差し込み、ドアを開けた。

「おかえりなさーい」

茉百合の背中が言った。そういえばこいつがいるんだった。ほかの誰かが自分の部屋にいる状況に、いまだに慣れない。

「遅かったね」

「いろいろとな」

「いくら負けた?」

「あ?」

「パチンコ行ったんでしょ」

「なんでわかった」

華世と話したのは、せいぜい二十分ほどだった。このマンションから最寄り駅の中野までは徒歩で二十分ほどかかるが、電車に乗ってしまえば新宿まで五分もかからない。にもかかわらずこれほど帰りが遅くなったのは、パチンコを打っていたせいだった。気持ちがくさくさしてしょうがなかった。

そして五万円負け、さらに気持ちがささくれる羽目になった。わざわざ銀行口座から引き出した軍資金だったので、また来月の家賃が払えない。

これも一種の自傷行為ってことだろうか――などともっともらしく分析してみるが、女に愛想を尽かされたバカな男が自暴自棄になっただけだ。

「煙草の臭いすごいから。しかも、普段吸ってるのとは違う銘柄。夜なら飲み屋とかもあるけど、昼間っからこんなに他人の煙草の臭いが染みつくような場所、ほかにあんまりないし」

そんなに臭《くさ》いだろうか。おれは自分のジャケットの臭いを嗅いでみる。

「自分じゃわからないと思う。鼻がバカになってるだろうし」

「煙草の臭いが嫌ならやめてもかまわない」

「嫌だとは言ってない。そういうもんだって指摘しただけ」

むっとしながら反論されて我に返る。

ぜんそく持ちの麗華のために煙草をやめてほしいと、ずっと華世から言われていた。やめるやめると口では言いながら、やめずじまいだった。娘のために煙草をやめることすらできないのだから、見限られて当然だ。

そして、二十歳そこそこの小娘に八つ当たりしてしまう。

「すまなかった」

まずは最低オブ最低を脱するため、謝った。

「いいけど、なんかあった？」

「あったように見えるか」

「見える。むしろなにもないのにそんなに荒れてたら、情緒不安定すぎて怖い」

そんなにわかりやすく荒《すさ》んでるのか。ダサいな。

おれは自嘲の笑みを吐きながらベッドに腰かけ、マルボロに火を点けた。

「妻がいい加減離婚してくれとさ。結婚を前提に付き合っている男がいるんだと」

「結婚してたんだ」

「見えないか」

「見えないけど、納得はできる。行動に移す前にあまり考えないタイプみたいだから、結婚も同じだったんでしょう？　奥さんにとって結婚前は社長の行動力が魅力だったけど、結婚してからは逆になった。なにか計算があるわけじゃなくて、たんに怖いもの知らずで突っ走ってただけって気づいたのね」

「いちおう部下なんだから、少しはオブラートにくるんだ言い方ができないか」

「まだお給料もらえるかわからないし、オブラートにくるんで伝えたところで、真意を読み取れないだろうから。やんわり指摘され続けているのに気づかずに、最終的に相手を爆発させてしまうタイプ。奥さんが離婚を切り出したときも、ぜんぜん理由がわからなかったんじゃない？」

「きみはカウンセラーになれるかもしれない」

「社長が鈍いだけだし、カウンセラーにはなりたくない。人の悩みなんか聞き続けたら、こっちが参るよ」

はっきりしてるな。

それでも自分の小ささをはっきり指摘されることで、少しだけ気持ちが楽になった。もしかしておれはマゾなのだろうか。

「仕事はどこまで進んだ。キリの良いところで終わりにしてくれ」

「今日も五人。うち三人の裏アカが見つかった。残り二人はたぶん表しかない」

「駆け出しにしてはなかなかやるもんだな」

上から目線で言ったものの、内心では快哉《かいさい》を叫んでいた。彼女はおれの何倍ものペースで裏アカを特定していく。一か月以上はかかると踏んでいたアビコ電算の案件が、わずか三日で三分の一消化された。これを天性と呼ばずになんと呼ぼう。茉百合は女子アナなんかより、よほどこっちの仕事のほうが向いている。

「たぶん間違いないと思うんだけど、念のために確認してくれる？　〈杏子〉と〈Ｍａｍｉ〉と〈サヤカ〉でフォローした鍵アカ」

「了解」

〈杏子〉と〈Ｍａｍｉ〉と〈サヤカ〉は、鍵アカ対策のために育てている囮アカウントの名前だった。アイコンや投稿する写真には、ネトカノたちから送られてきたものをトリミングしたり加工して使用している。

鍵アカ対策のアカウントは基本的にすべて若い女性という設定で、清楚系だったりギャル系だったりとキャラクターで差別化している。相手が男ならばスケベ心でフォローを承認してくれるし、女ならば同性相手に警戒心が緩む。

おれは自分のノートPCを起動し、アカウントを切り替えながら、茉百合の見つけ出した鍵アカウントを覗いていった。一人目、自分の顔写真をアップしているので間違いない。二人目、バイト先の愚痴を書いているが、固有名詞が表アカと共通している上、アビコ電算の名前も登場している。間違いない。

そして三人目。〈サヤカ〉でフォローしたツイッターの鍵アカウントを開き、おれは眉をひそめた。画面をスクロールしながら、たぶん表情はどんどん険しくなったはずだ。

「これは本当に対象者の裏アカか？」

「それ、相談しようと思ってた」

茉百合が自分のPCを操作しながら言う。

「倉野《くらの》博嗣《ひろし》っていう学生の裏アカだと思うんだけど」

「どうしてそう思う」

「表アカウントは本名でやってるけど、そこで頻繁に映画の感想を載せてたの。映画のポスターを撮影した写真と一緒に、星いくつみたいな評価と、ちょっとした感想を書いて」

「よくいる評論家気取りの映画マニアだな」

「とくにホラー映画をよく観ていて、中でもジョージ・A・ロメロ……っていう映画監督にすごく傾倒しているみたいで、タイムラインに何度も名前が登場してた。ほかの映画を評論するときでも、ロメロと比べて、みたいに引き合いに出して」

「ロメロといえばゾンビ映画の巨匠だな。おれでも名前を知ってる」

「そうなんだ」という茉百合は知らなかったようだ。そんなことは重要ではないという感じで、話を進める。

「だから、よほど好きなんだと思って、ロメロの名前と倉野の誕生日を組み合わせて検索してみたの。あまりリア友がいないタイプみたいで、フォロワーとの絡みからじゃ裏アカにつながらなそうだったから」

「それで出てきたのが、このアカウントというわけか」

アカウント名は〈ロメロ〉。ＩＤはＲＯＭＥＲＯに加え、エントリーシートに記載された倉野の誕生日と同じ数字に『ＯＦ　ＴＨＥ　ＤＥＡＤ』という文字列が続く。

囮アカの〈サヤカ〉のプロフィールには、有名なホラー映画のタイトルが列記してあった。〈ロメロ〉の鍵アカをフォローするため、プロフィールを書き換えたようだ。そして無事、〈ロメロ〉からフォローを承認された。

せっかく鍵を開けて閲覧できるようになったアカウントだが、フォローもフォロワーも八人だけで、〈サヤカ〉を含めてすべてが相互フォローだった。頻繁には投稿していないようだ。

投稿のほとんどは、フォロワーの投稿を共有したものだった。その内容はおもにスプラッター映画の感想や、その残酷描写について。ホラー映画の殺人シーンを再現してみたいがどうすれば警察に逮捕されずに済むか、といった物騒な議論がフォロワー同士で交わされており、〈ロメロ〉のアカウント自体は議論に参加することなく、ただタイムラインに投稿を共有し続けている。悪趣味だし理解はできないが、鍵アカで人知れず呟《つぶや》くなら目くじらを立てるような内容でもない。友達になりたいかといえば、遠慮したいタイプだが。

「ロメロ好きで誕生日が偶然同じ、別人の可能性は」

その疑問は想定していたという感じに、茉百合が即座に反応した。

「たまに写真付きで投稿してるでしょ。家とか、夜の道路とか撮ったやつ」

「あるな」

それだけはフォロワーの投稿を共有したものではない、〈ロメロ〉の自主的な発信だった。いったいなにをもってこの写真を撮影しようと思ったのか首をかしげたくなるような、平凡な住宅街を切り取った写真ばかりだ。確信する。ぜったいにこいつとは仲良くなれない。

「ちょうど三か月前に撮影された住宅街の道路の写真を見てほしいんだけど」

「どれだ」

「ガードレールがあって、右端のほうにカーブミラーが写ってるやつ」

画面をスクロールしながら探してみたが、どれが茉百合の言う写真なのかわからない。

茉百合が自分のノートＰＣをこちらに向けた。

「これ、この写真」

おれは液晶画面を覗き込む。茉百合の言った通りのレイアウトだった。

「これがどうした」

「カーブミラーに撮影者が写り込んでる」

「本当か」

顔を液晶画面ギリギリまで近づけて凝視する。たしかになにかが写り込んでいた。

それがなんなのかまでは、おれの視力では判別できない。

「これが、画像をダウンロードして拡大したやつ」

画面をこちらに向けたまま、茉百合がノートPCのキーボードを操作する。

すると、画面いっぱいにカーブミラーが拡大された。

そこに写っているのは、スマホをかまえた男だった。角度的にこの写真の撮影者で間違いない。こいつが〈ロメロ〉。

しかし、倉野だろうか。

茉百合が倉野の履歴書を差し出してくる。そこに添付された写真の倉野は全体的にしんなりとした、色白で細面の男だった。軽く下がった口角は、緊張しているせいかもしれないが、どことなく神経質そうな印象も受ける。失礼ながらイメージ的には、内向的なホラー映画マニアといわれてしっくりくる。

それがカーブミラーに写り込んだ男と同一人物かというと……。

おれは両者をじっくりと見比べた。似ているといえば似ているし、別人だといわれればすんなり受け入れてしまいそうではある。なにしろ鏡の表面が湾曲しているので、撮影者がどういう風貌なのかわかりづらい。

「倉野だと判断した材料は、これだけか」

「それしか見つからなかった」

悩ましい。アカウント名に入った誕生日の数字と、投稿の内容、撮影者の写り込んだ写真。倉野の裏アカだとは思うが、断定するには躊躇《ちゅうちょ》がある。

そして、おれが出した結論は、疑わしきは罰せずだ。

「報告書に記載するのはやめておこう」

えーっ、と不満げな声を上げる茉百合の気持ちも、わからなくはない。

「ぜったい倉野だと思うんだけど」

「おれもそんな気はするが、一〇〇%の自信を持って断言することはできない。それに、呟き自体の絶対数が少なくて、パーソナリティが見えない。呟かれている内容もたいしたことはないし、スルーでいいんじゃないか」

「たいしたことある。殺すとか血が見たいとか、物騒なことばっかり呟いてる」

「それは映画の話だし、〈ロメロ〉自身の発信じゃない」

「自分の言葉じゃなくても、シェアするってことは賛同と同じでしょ」

「そうとは限らない」

おれの話は、茉百合の耳に届いていないようだった。

「〈ロメロ〉の相互フォロワーは全員おかしいって。映画の残酷描写を実際にやってみたいなんて議論してるんだから、ヤバいやつだよ」

「ヤバいといえばヤバいが」

たんなる中二病の露悪趣味だ。実際に殺人を計画しているわけでもない。政治や宗教にのめり込んで偏った発言をしていたり、バイトテロ的な動画をアップするリテラシーの低い連中のほうが、企業にとってはよほどヤバい存在だ。

倉野の裏アカだと断定できれば、報告して採用の判断は企業側に委ねることもできるが、確実にそうだと言い切れるだけの材料はない。

「やっぱりスルーだ」

「せっかく調べたのに」

「調べたことは無駄じゃない。ご苦労さま」

やはり茉百合にはセンスがある。表アカの投稿内容から対象者の趣味嗜好《しこう》を把握し、適切な単語を選択して検索し、対象者のものと思われる鍵アカを発見してみせた。しかも、たった一日で五人ぶんの調査を終えている。一年以上この仕事をしているおれより、何倍も処理速度が高い。

……茉百合にセンスがあるのではなく、おれに絶望的にセンスがないだけか?

「そろそろ帰る」

茉百合がノートPCを閉じ、身支度を開始した。

「お疲れさま」

はたしておれは、彼女に給料を払うことができるのだろうか。処理速度が高くなっても、依頼自体が増えなければ収入も増えない。裏アカ特定は茉百合に任せ、おれは営業に徹するべきかもしれない。

とはいえ、正式に契約書を交わしたわけでもない。茉百合の気が変わって、明日から来なくなる可能性だって、じゅうぶんにある。悩みどころだ。

コートを羽織りながら、茉百合がこともなげに言う。

「ってかさ、借金取り、ヤバいよね。ドアガンガン叩きながら三十分ぐらい粘ってたよ」

申し訳なさと情けなさで、おれは肩をすくめて小さくなった。公文のやつ、三十分も居座ってたのか。本当に仕事熱心だ。

「悪かったな」

「無視してただけだし、なにかをされたわけじゃないからかまわないけど」

「怖くないのか」

「だって、借金してるの私じゃないし、借金取りも大声出したりして怖がらせようとするけど、ぜったい手は出さないからね。手を出したら暴行になるし、警察に捕まっちゃうから」

「いや。やつはがっつり手を出すぞ」

実際に手を出された当事者が言うのだから間違いない。人を殴りたくて借金取りをやっているような男だ。

「それでも手を出されるのは私じゃない。社長」

それもそうだ。

「そういや、奥さんの彼氏」

ふと思い出したような口調だった。

「なんだ」

「裏アカ調べてみたら？　なにかボロ出てくるかもしれないよ」

「多少のボロが出たところで、おれに勝ち目はない」

「そうなの？　お金持ち？」

「医者。しかも総合病院の御曹司」

「そっか。それは勝てない」

「はっきり言うな」

おどけたように肩をすくめ、茉百合が部屋から出ていく。

ドアが閉まった後、おれはブラウザの検索窓に『江東区　大場病院』と打ち込んだ。

「参ったな」

暗い部屋で液晶画面のブルーライトを顔に浴びながら、おれは頭を抱えた。

画面に開いているのは、〈OM〉というSNSアカウントのプロフィールページだった。アイコンはラグビーボールの写真。自己紹介文には『東京東部／p希望の女の子、気軽に絡んでください』とある。おれの認識が正しければ『p』はネットスラングでパパを意味する。パパといっても父親という意味ではない。パパ活のパパだ。つまりこの〈OM〉なる人物は、パパ活希望の女を募っている。苦学する女子学生に施すのが趣味の聖人だったり、どこかの元官僚みたいに貧困の実態調査という高尚な目的があった可能性もないわけではないが、普通に考えて買春目当ての女漁《あさ》りだろう。紛れもない犯罪行為だが、需要と供給が存在するのなら勝手にすればいい。

問題はこのパパ活野郎がおそらく、華世の恋人だという点だった。

江東区にある大場病院のホームページには、大場宗幸《むねゆき》という医師が勤務しており、写真付きで紹介されていた。四十歳という若さで内科部長、健康的な浅黒い肌にホワイトニングしたような白い歯が、生まれながらの勝利者アピールのようで胸くそ悪い。だが、胸くそ悪いと感じるのはたぶんおれだけで、多くの人には若々しく爽やかな医師として好印象を与えるであろう容姿だ。

こいつの名前で検索したところ、表アカウントはすぐに見つかった。

大場のタイムラインにはお洒落なフレンチレストランや、友人が経営するというバー、友人主催のホームパーティーなどの写真がアップされていた。

そしてその中の一枚に、華世と麗華がいた。スタンプで顔を隠されていたが、さすがにおれにはわかる。

大場は華世の肩を抱き、逆の手で麗華を抱っこしていた。千葉の人気テーマパークで撮影された写真らしく、華世と麗華はネズミの耳をつけている。どこからどう見ても幸福な三人家族の姿だった。

これでよかった。華世と麗華は経済的な余裕だけでなく、ふんだんに愛情を注いでもらえる環境を手に入れた。

そう考える反面、なんとか一矢を報いたいという暗い衝動が湧き上がった。

おれは大場の裏アカを捜した。仕事よりよほど集中したせいで、あっという間に数時間が経過していた。

そして、見つけた。

見つけてしまった。大場のフォロワーから大学の同窓生らしきコミュニティーを割り出し、彼らの交わす会話の内容から、それらしきアカウントを特定した。

それが〈ＯＭ〉だ。アカウントに鍵がかかっているが、ほぼ間違いない。

大場宗幸のイニシャルと一致するし、〈ＯＭ〉のタイムラインにリプライを送っていたアカウントも大場の大学時代の同窓生で、同じラグビー部出身らしかった。〈ＯＭ〉は大場の裏アカと考えて矛盾しない。というか、これが仕事だったら、おれは依頼主に〈ＯＭ〉を大場の裏アカとして報告する。大場はどうやら学生時代の仲間と一緒にパパ活に興じているらしく、お仲間の自己紹介文にも『サポ』とか『都度ｏｒ定期応相談』などの、愛人契約を想起させるような文言が並んでいた。

胸くそ悪いというおれの印象は、当たっていた。

だが、素直に喜べない。

これが華世の新しい夫、麗華の新しい父親になる男の裏の顔。一矢報いたいとは思ったが、これじゃ一矢どころか大砲だ。この事実を伝えれば、華世は間違いなく大場に別れを告げる。

伝えることが、華世と麗華にとっての幸福につながるのだろうか。

大場と別れたら、華世と麗華を取り戻せる可能性が生まれる。しかし、かりにそうなったところで元の木阿弥《もくあみ》だ。おれには二人を幸せにする力がない。おれにないものを、大場は持っている。

パパ活アカウントが大場の一時の気の迷いに過ぎず、そう遠くない将来にアカウントごと削除されるものだとしたら、たまたまこのタイミングでおれが見つけたのが不幸だったということにならないか。おれは華世の幸せをぶち壊しただけ、という結果にならないか。

かといって、華世という存在がいながら若い女を捕まえようとするこの男の行動を、このまま見過ごしたくもない。

どうするかは、こいつの所業をもっと詳しく知ってから、だな。

おれは〈Ｍａｍｉ〉というギャル系の若い女の写真をアイコンにした囮アカでログインし、プロフィールを『関東ＪＤ／ｐ活委細相談』とパパ活希望女子っぽく書き換えた。〈ＯＭ〉にフォロー申請してみる。

〈ＯＭ〉がパパ活をしているのなら、まず放置されることはない。大場をどうするかは、ひとまず〈Ｍａｍｉ〉への反応を見てから決めよう。

大場については様子見。さて、茉百合だ。

マルボロに火を点け、ひとふかししてから、彼女の表アカウントに飛んでみる。

どこにでもいるキラキラ女子大生といった内容だった。親しい友人たちとの女子会、趣味のカフェ巡り、映える料理やスイーツ、旅行先での美しい景色をバックに、女優のように表情を作り込んだ写真。あの容姿だけあって、友人も少なくなさそうだ。つねに仲間に囲まれ、キャンパスライフを満喫する完璧なるリア充。コミュ強。陽キャ。嫉妬すら覚えてしまうほどの、輝かしい青春。

それがなぜデリヘルで？

〈ＴＳＵＫＡＳＡ〉でログインし、茉百合の裏アカである〈ゆうな〉のページに飛んでみる。

ブロックされていた。

〈ＴＳＵＫＡＳＡ〉の正体がＳＮＳ採用調査員だとわかったのだから、当然の反応といえる。

次におれは、茉百合のエントリーシートを開いた。

実家は神奈川県横浜市。現住所は東京都豊島《としま》区。

大学は目白。横浜の実家からだってじゅうぶんに通えるだろうに、都内にアパートを借りて一人暮らしをしている。実家を出たい事情があったのか。デリヘルでアルバイトをしていたのは、親からの経済的支援がなかったからか。

なにやら家庭に複雑な事情がありそうだ。

恵まれた容姿を武器にのし上がろうとする、したたかな女。女子アナになって芸能人とお近づきになり、自身も芸能人のように扱われてちやほやされたい、自己承認欲求の権化。そのためには自らの肉体を利用することすらいとわない。デリヘルで手っ取り早く金を稼ぎ、人事部長に枕営業をしかけて採用を約束させる。

徹底したリアリスト。合理主義者。貪欲な上昇志向のかたまり。

彼女にとって最大にして唯一の不合理な選択は、ここで働いていることだ。道連れを増やしたい、なんていう動機を鵜呑《うの》みにするほど、おれもウブじゃない。だが、なにが狙いなのか見当もつかない。現状は給料すらまともに払えない、ただの無償奉仕になっている。しかも壁越しにアダルトビデオの音声、扉越しには借金取りからの恫《どう》喝《かつ》が飛んでくるという、ブラックきわまりない環境だというのに。

ふいにスマホが振動する。

〈Ｍａｍｉ〉にＤＭが届いたという通知だった。

送り主は〈ＯＭ〉。大場の裏アカだ。

――フォローありがとう！　関東のどこ住みですか？　おれは東京の東のほうです。

「おいおい。いきなりＤＭか」

こんな未明の時間に返信してくるとは、二十四時間営業かよ。暇なのか、精力が有り余っているのか。

どうしたものか。

気づけばマルボロは根元まで灰になっていた。

灰を落とさないように煙草を立て、灰皿代わりの空き缶まで煙草を挟んだ右手を移動させる。あと少しというところで白い灰のかたまりが崩れ、ノートＰＣのキーボードに雪を降らせてしまう。

おれは舌打ちしながらＰＣを持ち上げ、逆さまにして灰を落とした。

第二章

こん、こここん、こん、こん、こん。

ドアをノックする音で目が覚めた。茉百合だ。借金取りと区別するために、彼女にはドアチャイムを鳴らさないように言い含めてある。

ベッドサイドに盛り上がる脱ぎ捨てた衣類の中から、イージーパンツを探り当てる。洗濯済みかどうかわからないので、匂いを嗅いだ。やや臭い。洗濯していないせいなのか、生乾きだからか判断しかねる。まあ、許容範囲だろう。

イージーパンツを穿《は》き、玄関に向かった。

鍵を外してドアを開けると、そこには仏頂面があった。

「遅い。どれだけノックしたと思ってるの」

「すまない。いま気づいた」

「借金取りに見られたら困るんでしょう。いい加減、チャイム鳴らそうかと思った」

「そんなことをしたら二度とこの扉は開かない」

「なんで居留守使うのをちょっとかっこつけて言ってるの」

そんなことより、と、茉百合が靴を脱いで上がり込んでくる。

「どうした」

珍しく脱いだ靴を揃えないし、こころなしかいつもより早口になっていた。怒っているか、興奮しているか、どちらかという感じだ。

後者だった。

「これ見てほしいんだけど」

茉百合がリュックをおろし、レジャーシートすら広げずにノートPCを開く。

起動時間すらもどかしいという感じで、とんとんとんと指先でテーブルを叩き始めた。

「なにがあった」

「〈ロメロ〉」

「〈ロメロ〉？」

どこかで聞いた気がしないでもないが。

「覚えてないの？　倉野。アビコ電算を受けた学生」

茉百合はおれの鈍さに少し焦《じ》れたようだった。

「あれか」

思い出した。アビコ電算から裏アカ特定を依頼されたうちの一人だ。〈ロメロ〉は彼の敬愛するジョージ・A・ロメロという映画監督の名前であり、彼の裏アカとして茉百合が発見したアカウントの名前だった。

「気になってずっと調べてたんだけど、大変な事実が判明したの」

「まだフォロー外してなかったのか。あのアカウントについてはもう調査は終わっている。報告書だってとっくに提出済みだ」

「わかってる。でも、なんか引っかかって」

茉百合はあのアカウントがアビコ電算の入社試験を受けた倉野のものだと主張していた。だが、決定打に欠けるという理由で、報告書に記載しなかった。あのとき、おれの判断に不服そうではあったが、どうしても自分の正しさを証明したかったということか。思っていた以上に負けず嫌いだな。

「〈ロメロ〉が倉野だという証拠でも見つかったか」

おれは彼女の執念深さにあきれながら訊いた。

だが、返ってきたのは意外すぎる答えだった。

「それは見つかってない。でもたぶん、〈ロメロ〉は人を殺してる」

反応するまでに時間が必要だった。

「なんだって？」

「だから人を殺してる」

聞き間違えではなさそうだ。人を殺してる。茉百合はたしかにそう言った。

「いきなりなにを言い出すんだ」

「〈ロメロ〉が写真アップしてたじゃない」

それは覚えている。なぜここでシャッターを切ろうと思ったのか理解に苦しむような、なんの変哲もない住宅街の写真ばかりだった。

「あの写真が気になって、どこで撮影されたものだろうと思って調べてみたの。よく見たら住居表示のプレートが写り込んでいるのとかあったから、わりとすぐにわかった」

「そこまでやったら職権濫用じゃないか」

「そういうこと言う？ 夜中に〈Ｍａｍｉ〉で〈ＯＭ〉っていう鍵アカをフォローしてたみたいだけど、あれって奥さんの彼氏じゃないの」

頬がこわばった。囮アカはＩＤもパスワードも共用しており、茉百合も見ることができるのだ。

「あいつ、パパ活やってるんだ。ヤバいね。でも、社長にとってはよかったじゃない。奥さんに教えたら一発で破局だろうし」

「そんなことしない」

「どうして？」

茉百合が不可解そうに首をかしげる。

自分の心情を上手く言葉にできる気がしなかったので、おれは話の筋を戻した。

「写真の場所はどこだった」

話題を逸《そ》らされた茉百合が、不服そうに唇を曲げる。

「練馬《ねりま》区の土支田《どしだ》というところ」

「ぜんぶそうなのか」

「三か月ぐらい前にアップされた写真は、ぜんぶその近辺。ストリートビューで確認したから間違いない」

「倉野の家はどこだ」

「大田《おおた》区。実家は栃木だけど、大森《おおもり》にアパートを借りて一人暮らししてる」

ならば土支田に親戚か友人でも住んでいるのだろうか。遊びに出かけるような場所ではないから、なにかしら地縁があるのだろう。

あの鍵アカウントが本当に倉野のものであれば、の話だが。

「なんでそこから、〈ロメロ〉が人を殺したという発想に飛躍する」

そこが理解できない。おれなんかより格段に論理的思考力のすぐれているであろう茉百合が、なぜそんな突飛な結論に至ったのか。

「これ、この写真」

茉百合が画面をスクロールさせ、〈ロメロ〉の投稿した写真を表示させる。

アパートの外観を撮影したものだった。単身者向けっぽい、二階建てで横長の建物だ。

「これがどうした」

「このアパートに住んでいた女性が殺されたの」

にわかに漂い始めたきな臭さに、おれは眉をひそめた。

「覚えてない？　バラバラにされた遺体が八王子の山中から見つかったってニュース」

「ニュースはあまり見ない」

かぶりを振ると、長いため息が浴びせられた。

茉百合によれば、女性のバラバラ死体が八王子の山中から発見され、大きく報道されたらしい。

ノートＰＣのサーチエンジンの検索窓に『八王子　バラバラ死体』と入力してみると、事件を報じるネットニュースがいくつも引っかかった。

遺体で発見されたのは中尾《なかお》敦美《あつみ》、二十八歳、練馬区在住の看護師だった。無断欠勤を不審に思った同僚がアパートを訪ねたところ、彼女は部屋におらず、千葉に住む家族によって行方《ゆくえ》不明者届が出されていたという。

「その女が、このアパートに住んでいた？」

「そう」

おれの質問に頷く茉百合は、いつになく真剣な表情だった。

「彼女が無断欠勤して行方不明になるのが、この写真が投稿された一週間後で、山中から遺体が発見されたのがその三日後。ね、偶然とは思えなくない？」

「いや。普通に偶然だと思える」

「どうして」

おれは写真の中の建物を指差した。この趣味の悪いライムグリーンの外壁のせいで、大家は家賃をいくらかディスカウントしないといけないんじゃないか。

それはともかく。

「これは集合住宅だ。住んでいるのは殺された看護師だけじゃない」

「そうだけど、〈ロメロ〉は人を殺したいとか血を見たいとか呟いてたんだよ」

「〈ロメロ〉自身は呟いていない。他人の投稿をシェアしただけだ」

「一緒じゃない」

「だとしても」と、おれは語気を強めた。

「そういう映画が好きなだけだ。おれには理解できない趣味だが、そういう嗜好の人間が存在するのは知っている。そしてそういう人間のほとんどは、実際に人を殺したりしない。願望を抱くことと実行に移すことの間には、はてしなく高い壁がある」

「実行に移す人間もいる」

「ごく稀《まれ》にな」

「そのごく稀なケースかもしれない」

「可能性がゼロだとは言わないが、それよりは〈ロメロ〉の知り合いがこの近辺に住んでいて、たまたま遊びに来て写真を撮った、という偶然のほうがありえる」

「たまたま知り合いが住んでたとしても、アパートの外観を撮影したりする？　誰かの背景に写り込んでたとかならわかるけど、そうじゃない。建物だけ、道路だけが撮影されている」

「〈ロメロ〉がその女性を殺してバラバラに切断し、八王子の山中に遺棄したと？　時系列で捉えれば、犯行の下見だったと解釈できる」

おれは唇を嚙《か》んでしばらく考えた。

いや、実際には考えるふりだ。即答したら反発が大きくなる。

「考えすぎだ」

「勘弁してよ。探偵なのにどうしてそうことなかれ思考なの」

「探偵といってもネット専門だ。きみはミステリー小説の読みすぎじゃないか。実際の人生では、そんなにドラマチックな展開にはならない」

茉百合ががっくりと肩を落とす。

「もういい。話しても無駄みたい」

「もう片付いた案件の話だ。報告書は提出済みだし、〈ロメロ〉が人を殺していようがそうでなかろうが、おれたちには一円の得にもならない」

さあ、仕事に取りかかろう。おれは両手を打ち鳴らして話を終わらせたつもりだったが、茉百合は違ったらしい。

「社長！〈ロメロ〉が新しい写真を投稿した！」

茉百合が興奮気味に報告してきたのは、その日の午後三時過ぎのことだった。

まったく面倒なことになってしまった。

おれはマルボロの煙と一緒に深いため息をつく。

スモーカーには風当たりのきつい時代になったが、路上で煙草をふかしているおれを注意する者はいない。通行人も平気で歩き煙草をしているし、吸い殻をポイ捨てしている。

おれがいるのは新宿区新大久保《しんおおくぼ》だった。韓流グッズのショップが建ち並び、韓国ドラマに出てきそうなさっぱりイケメンの呼び込みも賑《にぎ》やかな表通りから少し入った住宅街の一角で、電柱の陰からマンションを見張っている。

かなり古いマンションだ。元は濃い赤だったのが、長年の風雨に晒《さら》されて色あせてしまったような風合いの外観。ときおり人の出入りがある。

「あいつ、大丈夫か」

ひとりごちてスマホを取り出し、時刻を確認する。茉百合が消えてからまだ五分も経っていない。

来るんじゃなかった。後悔がこみ上げる。

これじゃ本物の探偵じゃないか。

靴底をすり減らし、汗をかいて金を稼ぐつもりなど毛頭ない。自宅から一歩も出ずに完結できるからこそ、SNSでの採用調査を始めたのだ。探偵といえば探偵だが、活動の場はあくまでネットのみ。

おれの忠告を無視して、茉百合は〈ロメロ〉の監視を続けていた。そして新しく何枚かの写真が投稿されたのに、いち早く気づいた。投稿された写真のどれもがこの近辺を撮影したもので、いまおれが見つめている古いマンションは、その中に交じっていたものだった。このマンションに住む誰かが、次なる〈ロメロ〉の標的になる——つまり殺されると、茉百合は主張した。そして〈ロメロ〉の次なる犯行を未然に防ぐと言い出した。

もちろんおれは反対したし、いまだって反対だ。茉百合の頭の中では、〈ロメロ〉は連続殺人鬼らしい。しかも〈ロメロ〉が倉野の裏アカなら、〈ロメロ〉は就活中の大学生でもあるのだ。連続殺人鬼が就活中に殺人なんかするだろうか。いかれたやつの思考はおれには想像できないが、もしもおれが倉野の立場なら、せめて就職が決まるまで我慢する。晴れて就職が決まったら、自分へのご褒美に人を殺す。

——って、なにをしょうもないことを考えてるんだ。

ともかく、おれは警察じゃないし、本物の探偵でもない。面倒なことに自分から首を突っ込むなんてごめんだ。〈ロメロ〉が殺人鬼で、いまにも人を殺そうとしているなんて主張したところで、警察も相手にしてくれない。だから、放っておくのが最善の策だ。人間は遅かれ早かれ死ぬ。いま、この瞬間も世界のどこかで命の炎が燃え尽きている。自分と関係ないところで関係のない誰かが死んだところで心は痛まない。他人の人生に干渉しないし、かかわりを持つべきじゃない。変にかかわりを持った結果誰かが殺されたら、おれみたいな人間でも心は痛む。

そもそも〈ロメロ〉が本当に連続殺人鬼なら、自分たちの身が危険だ。

おれはそういう考えだが、茉百合は違うし、彼女を説得するだけの弁舌も実績もない。結局こんなところまで来てしまった。

「お待たせ」

肩になにかが触れて、おれは短い悲鳴を上げて飛び上がった。

茉百合だった。おれの肩に手を置いている。

「どうしたの」

「どうもしない。なにか収穫はあったか」

「ワンフロアに四部屋。五階建てだから合計二十世帯。集合ポストを見た感じ、空室はなさそう」

「その二十世帯の中に、〈ロメロ〉の次なる標的がいると言うんだな」

「たぶん」と頷く茉百合は自分の推理に自信を持っていそうだが、おれは半信半疑――というより、はっきり懐疑的だ。どう説得すれば、彼女はこの件から手を引くのだろう。そんなことばかり考えている。

そんなおれの思いをよそに、茉百合は話を進める。

「一世帯ごとの部屋の間取りはワンルームとか1Kとか、そんなものだと思うけど、ひと部屋に何人も住み込んでいる世帯がけっこうありそう」

「このへんを歩いているのは日本人のほうが少なそうだしな。東京は家賃が高い。保証人の問題もあるし、外国人が一人で部屋を借りるのは大変だ。そうなると、誰が狙われているのか絞り込むのは難しい。実態が住民票や不動産賃貸契約の内容とも異なっているだろうからな」

不本意そうに顔をしかめる茉百合に、おれは続けた。

「SNSの投稿だけだと警察も取り合ってくれないだろうし、おれたちだけでずっとマンションの出入りを見張るのも不可能だ。どうする。マンションを一戸ずつ訪ねて注意喚起でもするか。このマンションに住む誰かが殺人鬼に狙われています。気をつけてください……ってな」

「バカにしてるね」

さすがに気分を害したようだ。

「バカにはしてない。お節介ぶりにあきれているんだ」

「誰かが殺される」

「その表現は正確ではない。正しくは、誰かが殺されるときみは考えている。誰かが殺されるのは確定事項ではない。〈ロメロ〉の投稿を読んだきみが、彼――もしかしたら彼女の可能性もあるな――が投稿した写真と、その写真が投稿された後に発生したバラバラ殺人事件を結びつけ、〈ロメロ〉が犯人だと推定した。そしてその推定を根拠に、新たに投稿された写真が次なる殺人の下見だと仮説を立てた。その仮説は正しいかもしれないし、外れているかもしれない。ぜったいに外れだとも言わないが、少なくとも、誰かが殺される、と断言もできない」

「わかった」

「わかってくれたか」

おれはなかば拍子抜けしていた。こんなにあっさり説得できるとは。

だが、茉百合の言う「わかった」は違う意味だったようだ。

「社長が奥さんに逃げられた理由が」

「なに？」

「他人の揚げ足取りばっかりで気勢を削《そ》がれる。やたら理屈っぽい言い回しをしてるけど、要約すると面倒くさいことはやりたくない……ってことじゃない」

「鋭い洞察だが、逃げられたと決めつけられるのは気分のいいものじゃない」

「違うの」

「違わないが、気分がよくないのはたしかだ」

「だから私一人で平気だって言ったのに。ついてきてなんて頼んでないよね」

頼まれていない。それどころか一人で行くという茉百合に、強引にくっついてきた。

「その通りだが、きみが〈ロメロ〉を知ったのは、うちで請け負った採用調査の過程だ」

「それがどうしたの」

「きみは関係ないと言っても、そうはいかない。殺人事件を未然に防ぐ目的であっても、業務上知りえた情報を本来とは違う目的で利用している。我が社の信用にかかわる」

「我が社だって。実質個人事業主なのに」

鼻で笑われた。

「これからどうするつもりだ」

「そうね」茉百合はしばし虚空《こくう》を見上げた。

「標的がわからないのなら、犯人のほうを攻めるかな」

「ちょっと待て」と、おれは手を上げる。「まさか倉野に接触するつもりじゃないだろうな」

「いけない？」

「いけないに決まってる。企業が業者に依頼して就活生の裏アカを特定していたんだ。倉野の合否は知らないが、もし落ちていたら暴露されて大変な騒動になる」

「暴露されて困ることを大企業がやってるっていうほうが問題だと思うけど」

自身が裏アカ特定のせいで落とされたのだ。茉百合が受験者の側に立つのは当然かもしれない。

「とにかくやめてくれ。飯の種がなくなる。だいたい、倉野に接触してどうする。〈ロメロ〉というアカウント名で裏アカを持ってるか、なんて単刀直入に訊いても普通は認めないし、人を殺しましたか、あるいはこれから殺すつもりですかなんて質問をして、はいそうですなんて答えると思うか」

「いきなり接触せずに、張り込みして様子を見てみたら？」

「危険だ。素人探偵が嗅ぎ回っているのを悟られたせいで、犯人を刺激してしまうかもしれない」

犯人が実在するとも思わないが、ひとまず茉百合を説得するために調子を合わせた。

「でも放っておけない。人の命がかかってる」

〈ロメロ〉が人を殺しているのは、茉百合の中で既成事実らしい。

おれは目を閉じて首をかしげ、しばらく考えた。

いや、考えたのではない。迷っていた。それも正確な表現ではない。気持ちの整理をつけていた。

まぶたを開く。茉百合は真っ直ぐにおれを見つめている。

たまには社長らしいことをしないとな。

「警察に相談しよう」

「私は真面目で建設的な会話を希望してるんだけど」

「奇遇だな。おれも同じだ。真面目で建設的な会話を望んでいる」

「それならどうして無謀な提案をするの。さっき、この程度の材料じゃ警察は動かないって言った」

「普通は動かない」

茉百合が怪訝そうに眉をひそめる。

「普通はな」

おれは懐からスマホを取り出し、ある番号を呼び出した。

タクシーはこぢんまりとした一軒家の前で停止した。

「いいところだね」

一足先に車を降りた茉百合が、気持ちよさそうにのびをする。

「ただの田舎《いなか》だ」

「緑が多くて空気も美味《おい》しい」

「それが田舎というものだ」

「田舎嫌いなの」

「不便さが美徳なら人間はスマホやＰＣなんて開発していない。いまおれたちが乗ってきたタクシーだって、不便さから逃れようとする人類の努力と研究の結晶だ」

「はいはい」

埼玉の新興住宅地だった。真っ直ぐな道路を挟んで、真新しい分譲住宅が余裕を持って建ち並んでいる。同じ家を建てようとすれば、東京なら何億もかかるだろう。たまに地方に出ると、東京の物価の高さを痛感させられる。とはいえ、自分も田舎に引っ込もうとはつゆほども思わない。都会派を気取るつもりはないが、東京の街の猥雑さを、おれは愛している。

それでも、気兼ねなく路上喫煙できそうな人の少なさはありがたい。

おれは早速マルボロに火を点けた。電車とタクシーを乗り継ぐ道中、三時間もの禁煙を余儀なくされ、禁断症状で叫び出しそうだった。

「せっかく綺麗な空気があるのに、わざわざ肺を汚すなんて」

「普段コンビニ弁当ばかりのやつが急に高級なフレンチを食ったところで美味《うま》さはわからない。それどころか、下手をすれば腹を壊す」

まともに相手をしていられないと思ったのか、茉百合が周囲を見回した。

「どこがそうなの？」

指を差して教えようとしたまさにそのとき、おれが指差した家から男が出てきた。とっくにリタイア済みだというのに、ロマンスグレーの髪をきっちりと七三に分け、アイロンをかけたシャツは第一ボタンまで留めてある。

「お久しぶりです。伯父《おじ》さん」

男の名前は檜山亮司《ひやまりょうじ》。死んだ母の兄で、警視庁の元刑事だ。堅物を画に描いたような真面目で一本気な人で、たぶん普通に知り合ったらおれとはぜったいに友達にはならないタイプだろうが、血は水よりもなんとやらだ。不肖の甥《おい》に真っ当な人生を歩ませようと、ガキのころからいろいろと世話を焼いてくれる。なにを隠そう、ＳＮＳの採用調査を始めたころの最初の顧客も、伯父さんの紹介頼みだった。警察ＯＢのカードはジョーカー並みに強い。

「まだ煙草を吸ってるのか。麗華ちゃんのためにやめなさいと言っただろう」

困惑したような茉百合の視線には、気づかないふりをする。

おれがどれだけ煙草を吸おうが、もう娘に健康被害はない。そのことはまだ伯父さんに伝えていない。あれだけ面倒を見てもらった挙げ句、妻と子どもに逃げられましたなんて、とても言い出せない。

茉百合が〈ロメロ〉の殺人容疑についてあれこれ言い出したとき、真っ先に浮かんだのが伯父さんの顔だった。華世との別居すら隠していたため、気乗りしなかったのだ。

ここを訪ねたのはおよそ二年ぶりだった。

伯父さんが怪訝そうな顔で茉百合を見る。

「後ろめたい関係じゃない。うちでアルバイトしてもらってる、灰原茉百合さん」

「はじめまして。灰原です。お忙しいところすみません」

「真人の伯父の檜山です。遠いところ、ようこそお越しくださいました」

茉百合に愛想よく笑顔で応じた後で、別人のようにいかめしい顔つきでおれを見る。

「最初から後ろめたい関係だなんて思わん。こんな若くて綺麗なお嬢さんが、おまえなんぞ相手にするわけない」

「若くて綺麗だなんて、おじさまったら」

百戦錬磨の警察ＯＢでも、両手を頬にあてて恥じらってみせるこの女のしたたかさは見抜けないか。

「パソコンで就活生の秘め事を探るなんて言い出したときには、なにをバカなことをと思ったが、人を雇うぐらいの余裕が出来たんだな」

伯父さんは意外そうでもあり、少し感心した様子でもあった。事業が軌道に乗ったから人を雇ったわけでもないのだが、説明が面倒だし誤解しておいてくれたほうが都合がいいのであえて訂正しない。

おれたちは和室の居間に通された。

茶を淹れてくると言い、伯父さんが台所に消える。

おれは居間の隅に置かれた仏壇に向かい、線香を焚《た》いて手を合わせた。仏壇の上にかけられた遺影は、伯父さんの妻――つまりおれから見れば義理の伯母《おば》さんだった。五年前にがんで亡くなった。血のつながりがまったくないおれに、伯母さんはいつもよくしてくれた。

それにしても驚くのは、独り身になったにもかかわらず、家の中が整理整頓されていることだ。伯母さんが生きていたころとまったく遜色ない。おれは華世が家を出て三日で足の踏み場がなくなったというのに。

「ちゃんと線香あげとるな。感心感心」

伯父さんが障子を開けて入ってきた。

座卓に出された湯呑みは、きっちり茶托《ちゃたく》に載せられている。本当におれと血のつながりがあるのか疑わしくなるほどの几帳面《きちょうめん》さだ。

「ありがとうございます」

「いえいえ。口に合うかわかりませんけど」

茉百合が湯呑みを持ち上げ、口をつける。

「美味しい。ホッとする味」

「そうですか。それはよかった」

こんなにわかりやすくデレる伯父さんを初めて見た。出会って五分で警察ＯＢを篭絡する女。恐ろしい。

「真人の仕事ぶりはどうですか。嫌なことされてませんか」

「いえ、まったく。いつも気持ちよく仕事させてもらっています。理想の上司です」

「そうですか。昔からずっとふらふらしてたものですから、人の上に立ってきちんとやっていけるものなのか、どうしても心配してしまうんですが」

「とてもそんなふうには見えません。私にとっての社長は、しっかりした頼りがいのある、お兄ちゃんのような存在です」

ちらりとおれを見た茉百合の目が、これで貸し一つ、と訴えていた。嫌な女。

「あまり長居できない。早速本題に入っていいかな」

おれは茉百合が抱いた〈ロメロ〉なる鍵アカウントへの疑いについて、伯父さんに説明した。ただし伯父さんはコンピューターに疎《うと》いため、SNSについては「世界じゅうの誰でも見ることができるメモ帳、あるいは掲示板」という感じで、表現を工夫した。

話の途中から、伯父さんの瞳に現役時代の鋭い光が戻っていた。

ときおり質問を挟みつつ話を聞き終えた伯父さんは、顔の前で両手を重ねた。

「なるほど。興味深い」

「バラバラ殺人の捜査状況はどうなってるんだろう。犯人の目星はついたかな」

おれの疑問に、伯父さんは重々しくかぶりを振った。

「いや。ちょうどたまたま、その事件の指揮を執る管理官と電話する機会があったが、行き詰まっているようだった」

「管理官と直接電話できるなんて、すごーい」

茉百合の見え見えのお世辞に、伯父さんが相好を崩す。

「管理官っていっても、最初からそうだったわけじゃない。おれにとってはただの後輩ですから」

頬が緩みすぎて顔が溶け落ちそうだな。ずっと恐れ多いイメージだった伯父さんが、この歳になって急に身近な存在に思える。

それはともかく、伯父さんの発言ならば間違いない。現役時代は警視庁でもそれなりに名の通った敏腕刑事だったらしく、いまの幹部連中には伯父さんに頭が上がらない者も少なくないという。

「そういう状況なら捜査本部としては、どんな些細《ささい》な手がかりでもありがたがってくれるだろうか」

おれが言うと、伯父さんは瞬時に刑事の顔を取り戻した。

「それはそうだろう」

「この程度の情報では、警察に相手にしてもらえないんじゃないかって、社長と話していたんです」

茉百合が座卓に肘をついて前のめりになる。ただ前のめりになっただけかと思いきや、伯父さんの視線で気づく。茉百合は両腕を狭めることで胸を寄せ、カットソーから覗く谷間を強調していた。

「事件の少し前に被害者の住まいの写真をネットに上げていた。ただし写真はそれだけではなく、周辺の風景を撮影したものに交じっていたため、撮影者の意図はわからない。捜査本部も本気で取り上げてくれないかもしれないな、普通なら」

普通なら、を強調することにより、自分が口添えすれば違う結果になると暗に告げている。

「やっぱりそうですよね。普通なら、取り合ってもらえませんよね。でも、おじさまが間に入ってくれれば？」

「まず無視はできない。それどころか、最優先で調べざるをえない」

伯父さんが自慢げに人差し指で鼻の下を擦《こす》る。

キャバクラにでもいるような錯覚を覚えるが、伯父さんが期待以上に協力的なのはありがたい。倉野について調べてもらうよう、捜査本部に連絡すると約束してくれた。

伯父さんの家で過ごしたのは、一時間ほどだろうか。おれたちは東京に戻ることにした。長らく顔を見せなかったのを責められたり、警察の真似事などするなと叱責《しっせき》され、門前払いを食らう覚悟までしていた身としては、結果は上々だ。

ただ、別れ際に伯父さんが発した言葉。

「たまには華世さんと麗華ちゃんも連れてきてくれ。おまえにとって、ここは実家も同然なんだ」

これには堪《こた》えた。

子供のいない伯父さんにとって、おれは自分の子ども同然で、麗華は孫同然なのだ。

　おれのため息に反応して、茉百合が顔を上げた。

「どうしたの」

　自分のノートPCの向きを変え、画面を見せる。

　茉百合はしばらく画面を見つめ、肩をすくめた。

「自業自得でしょ」

「それはそうだが……」

　ノートPCの向きを戻し、頰杖《ほおづえ》をつく。

　画面に表示されているのは、調査対象者の裏アカだった。フォロワーの重なり具合を見ても、コメントのやりとりで使われる呼称からも、調査対象者本人のものと考えて間違いない。

　その裏アカで、調査対象者は外国人——ことにアジア人にたいするヘイト発言を繰り返していた。採用調査の依頼主は大手の外食チェーンで、ここ数年は世界市場も視野に入れた経営戦略をとっている。アジア諸国にも多くの出店を行っていた。そんな会社を志望した就活生の正体がゴリゴリの人種差別主義者《レイシスト》だったとなれば、企業側の結論は決まっている。不採用だ。

　人の内心はわからない。顔で笑っていても、相手を嫌っていたり、蔑んでいたり、底知れぬ闇を抱えている場合もある。

場合もある——というか、ほぼそうだ。この学生の場合は国籍や人種、民族で相手を差別しているが、性別、学歴、収入、容姿、家族構成、趣味などなど、他人にたいしていっさいの色眼鏡を持たない人間など、おそらく存在しない。誰もが誰かを嫌悪し、ときに見下しながら生きている。その内心は自由だ。差別は間違っていると認識したところで、差別感情自体がなくなるわけではない。人は心の中に例外なく獣を飼っていて、懸命にその牙を隠しながら生きている。そうやって社会は成り立っている。

　この学生は黒い感情を持て余し、それを吐き出す場として裏アカを作った。投稿の内容には反吐《へど》が出る。けっして許容されるものではない。だが、本人もそれがわかっているから『裏』なのではないか。おれが見つけさえしなければ、こいつは善良な人間として仕事をえて、もしかしたら表面的には外国人にたいするいっさいの差別的な言動をせずに生涯を終えたかもしれない。

　隠されたものを、おれが暴き立てた。

　たまたま、おれに見つかった。

　おれの仕事が、こいつの人生を狂わせる。

「どうしたの」

　茉百合の声で我に返った。

「いや……」

「そいつ、間違いなくクロでしょ。確実に落とされるね。いい気味」

屈託のない笑い声が醜く響く。

茉百合は笑いを収め、怪訝そうにおれを見た。

「社長。なんかおかしいよね。〈ＯＭ〉のＤＭには返信してないみたいだし……」

「するわけがない」

「なんで。どこかに呼び出して、決定的な証拠をつかんじゃえばいいのに」

決定的な証拠をつかんでしまうのが怖いのだ。大場がパパ活野郎だという確信を持った上でおれが秘匿したら、共犯になる。大場にはこのままおとなしくしていてほしい。

「私が〈Ｍａｍｉ〉の中の人として大場に会ってこようか」

「やめてくれ」

なぜ止められるのか、茉百合には理解できないようだ。不服そうに口をすぼめている。おれが自分に自信を持っていれば、嬉々《きき》として大場を罠《わな》にはめただろうし、華世に連絡したかもしれない。

「ところであれ、どうなったかな」

茉百合が話題を変えた。

「あれ？」

「〈ロメロ〉」

「ああ」

伯父さんを通じて警察に〈ロメロ〉こと倉野の身辺調査を依頼してから、一週間が過ぎた。警察に捜査させるという確約をえたことで安心したのだろう。茉百合はときどき〈ロメロ〉のタイムラインを覗いてはいるようだが、自ら捜査に乗り出すこともなく、ほとんど話題にすることもない。

「まだ伯父さんからの連絡はない」

「ちゃんと捜査本部に伝えてくれてるの？」

茉百合が疑わしげに目を細める。

「大丈夫だと思うが……」

「そうよね。社長と違ってしっかりした人っぽかったし」

「いちいち人を引き合いに出す必要はない――」

そのとき、茉百合のスマホが振動した。

「お電話ありがとうございます。安心安全秘密完全保持、あなたのお力になります。ディザーブ探偵社、灰原です」

「は？」と思わず声が漏れた。いまの立て板に水の口上はなんだ。

茉百合は立てた人差し指を唇の前に立て、黙れとアピールする。

それから、はい、はい、と事務的な口調で電話に応対していた。

「すぐにうかがいます」

そう言って電話を切ったのは、およそ三分後のことだ。

「いまのはなんだ」

うちは電話番号を公にしていない。クライアントとのやりとりは基本的にメールのみ。どうしても必要な場合にだけ、おれのスマホを使用する。

だがそもそも、いま茉百合が使っていたのは彼女自身のスマホだった。

「なにって、相談の電話」

「どうして相談の電話がかかってくる。しかもきみのスマホに」

「チラシに載せてたから」

「チラシ？」

茉百合はレジャーシートの上に置いていたリュックから、ハガキサイズの紙片を取り出し、手渡してきた。

「なんだ、これは」

うちの会社名と、連絡先として茉百合のスマホの番号が記載されている。電話番号の横には『(代表)』と明らかな虚偽が書かれていた。

それだけではない。チラシにはデカデカと『浮気調査、人捜し請け負います！』とある。本業のSNS採用調査については一文字も触れられていない。

そもそもうちは株式会社ディザーブであり、ディザーブ探偵社ではない。

「〈ロメロ〉が写真を撮影した新大久保のマンションにポスティングしておいた」

「どうして」

「どうしてって、誰が〈ロメロ〉の標的かわからないし、こうしておけば〈ロメロ〉にさらわれた人の友達とか、同居人が電話をくれるかもしれないって思ったから」

チラシに『相談無料！　完全成功報酬制！　お困りの場合はまずお電話ください』という文言があるのはそういうことか。あそこはけっして高所得者が住んでいるマンションには見えなかった。

茉百合を甘く見ていた。彼女は最初から、警察に任せっきりにするつもりなんてなかった。

「相談無料なんて無責任なこと書いて、どうする」

「お金はもらわない」

「ただ働きするような余裕は、うちにはない」

「ここでのバイト代も、まだもらってないんだけど」

痛いところを。茉百合にしてみれば、どちらにしろただ働きだ。おれに彼女を止める権利はない。

「ちなみに、電話はどういった内容だった」

「あのマンションに住んでる、チョン・ソユンという女の子から。一緒に住んでる女の子が二日前から帰ってなくてＬＩＮＥも既読がつかないから、心配になってうちに電話してみたって」

吐き気に似た不快な感覚があった。

茉百合が〈ロメロ〉による殺人を主張し始めたときから、不穏な予感がしていた。不自然な住宅街の写真。それらが投稿された一週間後、写真に捉えられていたアパートの住人が行方不明になり、三日後にバラバラ遺体として発見された。ただの偶然だと片付けたのは本心でなく、偶然と信じたかったからだ。茉百合は新たな殺人を防ぐべく行動を起こし、おれは新たな殺人が起こってほしくないという思いから、現実から目を背ける選択をした。

そして、〈ロメロ〉のタイムラインに投稿された写真のマンションに住む女が、行方不明になった。

さすがにただの偶然と片付けるには苦しい。

伯父さんに相談し、警察に任せることで、役目は終わったどころか、事件自体終わったと自分に言い聞かせた。けれど、いくら伯父さんに影響力があったところで、あれしきの材料で警察が倉野を徹底マークするとも思えない。不十分なのはわかっていた。

もしも本当に殺人が起こってしまったら――。

おれは顔をしかめつつ、ノートPCを閉じる。

「行くぞ」

「了解」

茉百合は嬉しそうに唇の片端を吊《つ》り上げ、身支度を開始した。

チョン・ソユンとは新大久保のルノアールで会うことにした。

出迎えた店員に「待ち合わせでもう一人来ます」と人差し指を立てたとき、隣で茉百合が店内を指差した。

「あれじゃない？」

ボブスタイルの髪の毛先一〇センチだけを金色に染めた若い女が、所在なさげにグラスの水を飲んでいる。ルノアールよりスターバックスにいそうな雰囲気だ。

「ソユンさん？」

茉百合が声をかけると、ソユンはなぜ声をかけられたのかわからないという感じで、マスカラに縁取られた目を瞬《またた》かせた。茉百合の容姿が、いわゆる探偵とはかけ離れたものだったせいだろう。

「探偵さん？」

「ディザーブ探偵社の灰原です」

探偵社、は付かないのだが。

ソユンが立ち上がる。

茉百合はパスケースから名刺を一枚、差し出した。

「こっちは社長の潮崎」

「はじめまして。潮崎です」

「はじめまして。よろしくお願いします」

日本語の会話は問題なさそうだが、若干の訛《なま》りがある。

そんなことより茉百合め、いつの間に名刺まで……。

あらためて着席し、水を運んできた店員にコーヒーを三つオーダーする。

「チラシに書いてあったけど、相談だけならお金かからないって……」

不安げな上目遣いがおれたちを交互に見る。

「お金のことなら心配しないでください。うちは完全成功報酬制です。満足のいく結果にならなかった場合には、一円もお支払いいただく必要はありません」

勝手なことを。

思ったが、茉百合に給料を払っていないおれに口を挟む権利はない。

「お友達が行方不明だそうですね」

茉百合の質問であらためてつらい現実を思い出したように、ソユンの目が潤む。

「急にいなくなって、LINEも既読にならなくて……こんなこと、これまでなかったんです」

「状況を詳しく教えてもらえますか」

行方不明になったのは、ソユンのルームメイトの女性だという。

名前はイ・ジヨン。歌舞伎町のコリアンパブで働く二十三歳で、ソユンとは幼稚園以来の幼馴染みらしい。ソユンは一足早く日本に渡った幼馴染みを頼って来日し、彼女の部屋に居候しながら、彼女と同じ店で働いていた。

ジヨンが忽然《こつぜん》と姿を消したのは、二日前。

その日は二人とも出勤予定だったが、常連客との同伴が入っていたため、ソユンのほうが先に部屋を出た。高級焼き肉店でディナーを済ませたソユンが常連客とともに出勤したとき、ジヨンはまだ出勤していなかった。二度寝でもしたのかと思い電話をかけたが、つながらない。自宅まで起こしに戻るわけにもいかないので、そのまま勤務した。そしてその日、最後までジヨンは出勤しなかった。体調でも崩しているのかと思い、なにか欲しいものがあれば買って帰るという旨のLINEを送るも、既読にすらならない。帰宅してみると、幼馴染みの姿はなかった。

　その時点で、ソユンはそれほど心配していなかった。ジヨンお気に入りのアウターや靴がなかったので、彼女が自らの意思で部屋を出たのは明らかだったからだ。日本生活の長いジヨンには日本人の友人も多く、どこかに出かけたまま数日戻らないことも珍しくはなかった。

「それでもLINEはくれた。既読にすらならないのはおかしい」

　懸命に訴えるソユンの頬を涙が伝い落ちる。

　正直なところ、〈ロメロ〉の予備知識がなければ、今回も遊び歩いているだけではないかと片付けるケースだ。幼馴染みのルームメイトとはいえ、その関係性までは推し量れない。関係が近すぎるがゆえに起こる衝突だってあるだろう。

　念のために確認しておく。

「直前にジヨンさんと喧嘩《けんか》したりは？」

「社長」

　茉百合の咎《とが》めるような視線を、手を上げて防いだ。

「あらゆる可能性を検証しておく必要がある。おれたちが動いた結果、無事に見つかったジヨンさんは、実はソユンさんからのLINEを無視していただけ、ということもありえる。そんな拍子抜けのオチでも、成功報酬をいただくことになる」

　なにか言いたげな茉百合から視線を逸らし、ソユンを見た。

「どうなんですか。ジヨンさんとの関係は良好でしたか」

「ちょっと、気まずくは……なってた」

部屋に男を連れ込んだことをジヨンに咎められ、それ以来関係がぎくしゃくしていたようだ。そもそも居候は自分で部屋を借りられるだけの貯金ができるまでという約束だったのに、毎月の給料を服やコスメの購入で使い切ってしまうため、ジヨンからたびたび苦言を呈《てい》されていたらしい。

話を聞きながら、そわそわと浮き足だった気持ちが軟着陸する。

おそらく、行方不明の女性はどこか友人の家にでも泊まっている。幼馴染みにたいして思うところがあるので、ＬＩＮＥも開かずに既読をつけない。それだけの話じゃないか。

「ひとまず、もうしばらく様子を見てみたらどうですか」

「なに言うの？」

茉百合が弾かれたようにこちらを向く。

「頭を冷やせ。状況を客観的に分析すれば、たんなる家出の可能性も否定できない」

ソユンの手前、控えめな表現にしたが、ほぼ間違いなく家出だ。友人同士のくだらない喧嘩に巻き込まれて振り回されるなんてごめんだ。しかも無報酬なんて。

「でも、ＬＩＮＥが既読にならない」

「わざと既読をつけないだけかもしれない」

「これまではそんなことなかったんですよね」

茉百合に確認され、ソユンが小刻みに頷く。

「喧嘩してもＬＩＮＥを無視することはなかった」

「どんなに喧嘩してても、いつでもすぐに返信をくれた、ということですか」

おれの質問には、「いや」とかぶりを振るしぐさが返ってくる。

「すぐに、ということはないけど、既読がつかないことはなかった」

「いまの数秒の発言ですでに矛盾してます。ジヨンさんがＬＩＮＥを無視することはなかったと言いながら、すぐに返信をくれるというのは否定した上で、既読がつかないことはなかったと言い直している」

「社長」怒りがはっきり伝わってくる、茉百合の口調だった。

「依頼人の揚げ足を取るのはやめて。友達がいなくなって動揺しているんだから、証言に矛盾ぐらい出る」

「不正確な証言では、正確に状況を把握できない」

「社長は正確に把握したいんじゃなくて、調査しないでいい材料を探しているだけ」

「本当に深刻な状況なら、人助けする用意ぐらいある」

「もういいよ、帰って。あとは一人でやるから」

顔を寄せてきた茉百合が、押し殺した小声で言った。

「きみはうちの会社の名前を利用して依頼を取った。勝手に動き回られては困る」

「なにが困るの。社会のハイエナみたいな仕事してて。これ以上落ちる評判すらないじゃない」

「あの……」と、ソユンが割り込んできた。

「ごめんなさい。やっぱりいいです。LINE、無視されてるだけかもしれないし」

そう言って軽く腰を浮かせる。

「待って。かりにそうだとしても、そのことを確認させて」

「そこまでさせては」

彼女の申し訳なさそうな、怯《おび》えたような視線が捉えたのは、おれだった。

「気にしないで。この人は関係ない」

「でも、社長って……」

「社長というのは名前だけだから。この件は私が個人的に引き受けます」

はいはい、おれが悪者か。もう好きにしてくれ。

おれはふてくされてソファーの肘掛けに頬杖をつく。

「ジヨンさんの行き先に心当たりは？」

「友達が多いから見当もつかないけど……」

ソユンは虚空を睨み、懸命に記憶を辿っているようだ。

おれはテーブルのコーヒーカップを手に取り、口をつけた。コーヒーは残り少ない。すぐに飲み干してしまう。お替わりを頼もうかと思ったが、そうなるとソユンの話に耳をかたむけようとする態度の表明になる気がして、やめた。なのに、しっかり聞き耳を立てているのだから、我ながら人間が小さい。

「どんな些細なことでもかまわないから、頑張って」

茉百合の励ましが通じたかのように、ソユンがはっとなにかを思い出した顔になる。

「よく写真を撮って、誰かに送っていた」

「写真を？」

「うん。まだ会ったことないけど、超イケメンの男の子と知り合ったらしくて、その子と写真のやりとりをしているんだって。ネトカレ……みたいなものだって」

「ネトカレ……ネット上での彼氏ってことですよね、最近多いのかな」

茉百合の発言の最後の部分は、もしかしたらおれに同意を求めていたのかもしれない。おれはそっぽを向いてコーヒーを飲んでいるので、反応しない。

「私は興味ないけど、ジヨンはすごくのめり込んでるみたいだった」

「その彼に会いに行ったとか」

ソユンはその見解には賛同しかねるという感じで、短い唸《うな》りを漏らす。

「危ないって警告したことあったけど、ジヨンは会うつもりないから大丈夫って。あくまでネット上の恋人で、実際に会ったら幻滅するかもしれないから……って」

それは間違いない。おれのネトカノたちがリアルでおれに会っても、たぶんそれがネトカレだとすら気づかない。ネット上ならいくらでも自分を盛れるし偽《いつわ》れる。

「でもやっぱり会ってみたいと思ったのかもしれない。最初はネット上だけと割り切っていても、ずっとやりとりしてたら直接会ってみたいと思うだろうし」

茉百合の言葉に、ソユンが不安そうな声を出す。

「ケンタが悪い人じゃないといいんだけど」

ぴくり、とおれの肩が反応する。

「どうかした？　社長」

茉百合に見られていたか。

「なんでもない」

おれはそっぽを向き、不機嫌を装ったまま軽くかぶりを振った。我ながらおとなげない。

茉百合がソユンに向き直る。

「ネトカレの名前はケンタというんですね」

「本名かはわからないけど。ジヨン、大丈夫かな……」

娘というほどではないものの、ひと回り以上は年下であろう女が憔悴《しょうすい》するさまを見るのは、つらいものがある。おれはうずき出したお節介の虫を懸命に抑え込んでいた。ネット上の恋人にリアルで会えば幻滅するように、ネット探偵も現実世界にしゃしゃり出るべきではない。それに慈善事業ではないのだ。ただでさえ借金で首が回らない状況なのに、無報酬の仕事を受ける余裕なんてない。

茉百合を止める権利はないが、おれはやらない。

そう決めたくせに、この場を立ち去る勇気も出ない。

「ジヨンさんの写真はありますか」

「もちろん」

ソユンはスマホを取り出し、画面上で人差し指を滑らせた後、写真を茉百合に見せた。

「なに」

その様子を横目で盗み見ていたら、ふいに茉百合と視線がぶつかり、目を逸らせる。

椅子ごと蹴り飛ばしてくるような、茉百合の口調だった。

「なんでもない」

「帰っていいよ。これは私が個人的に請け負う案件だから」

「うちの看板を使ってそんな真似は……」

突如絶句したおれに、茉百合は怪訝そうに首をかしげる。

「どうしたの？」

質問に答える前に、おれはソユンの手からスマホを奪い取っていた。

「ちょっと、なにやってるの」

茉百合の抗議にも反応しない。

反応できなかった。

全身が冷たいのに、背中には嫌な汗が浮いている。呼吸が浅くなり、胸が苦しくなった。

「どうしたの？」

茉百合も異変を察知したらしく、口調から険が落ちる。

「〈サヤカ〉だ……」

「は？」

「この子は、おれのネトカノだ」

間違いない。おれに送られた写真もアプリで目を大きくしたり顔を小さくしたり、修正を加えられたものだったので、いま液晶画面に表示されているのとは少し印象が異なるものの、本人を特定できないレベルではない。

行方不明になったジヨンという韓国人ホステスは、おれがネットナンパして写真を送らせていた女だった。〈サヤカ〉というのは画像を転用した囮アカウントでこちらが勝手につけた名前で、たしか彼女自身のアカウントでは〈ｅｍｉ〉というハンドルネームだったはずだ。

たしかおれには新宿のファッションビルで働くショップ店員と言っていたが、〈ｅｍｉ〉の正体はコリアンパブのホステスだった。自身を二十五歳青年社長と偽るおれに、相手を責める資格などない。だが、お互いに素性を偽っていたせいで、事態がややこしくなったのは間違いない。

ようやくおれの発言の意図を理解したらしい茉百合が、みるみる顔色を変える。

「嘘……」

冗談や酔狂でこんな不謹慎なことは言わない。二十代の女を前に三十代半ばのおっさんが盛り盛りに修正した自撮り写真でネットナンパに興じていました、なんて恥ずかしすぎるカミングアウトはできない。

ジヨンはおれのネトカノの〈ｅｍｉ〉であり、おれは彼女の写真を使って〈サヤカ〉という架空の女のアカウントを〈育てて〉いた。

〈ロメロ〉の鍵を開ける際にも、〈サヤカ〉としてフォロー申請し、承諾された。

そして〈ロメロ〉はジヨンの住まい周辺の写真を、自身のアカウントに投稿している。茉百合の主張によれば〈ロメロ〉は人を殺していて、新たに投稿された写真のマンションの住人を標的にしている。

〈ロメロ〉の次なる標的は、ジョン――。

さすがにこれを偶然と解釈するほうが難しい。

「つまり、こういうことですか」

オールバックの広い額に縦皺を刻んだ、眉の薄い強面の男が、テーブルの上で両手を重ねる。

「倉野博嗣は〈ロメロ〉という名前で裏アカウントを持っていて、そのアカウントに次なる殺人のための下見写真をアップしている。そのアカウントに最近、新大久保のマンションの外観写真が新たに投稿された。その後、そのマンションに住むホステスが行方不明になったので、〈ロメロ〉こと倉野の次なる標的はそのホステスに違いない……と」

「そうです。ジョンさんはとても危険な状況です。もしかしたらもう……早く倉野を捕まえてください」

熱っぽく訴える茉百合を横目で見ながら、半笑いで話を聞く相手によく頑張れるものだなと、おれは冷え冷えとした心境だった。

ジョンを救いたくないわけではない。〈ロメロ〉が人を殺しているという茉百合の推理も、もはや偶然だとも考えすぎだとも陰謀論だとも思わない。〈ロメロ〉はたしかに人を殺していて、ジヨンは生命の危機に瀕《ひん》している。そこに疑いの余地はない。この期に及んで無報酬だからどうと言うほど、おれは冷酷な人間でもない。

だが、この反応は……。

おれたちがいるのは、練馬中央警察署の応接スペースだった。空間を区切るパーティションの向こう側では、いくつも足音が行き交っている。

ガラスのローテーブルを挟んで合皮のソファが向き合っていて、おれと茉百合はその片側に並んで座っていた。対面にはスーツを着た二人の男。シルエットは縦長と横長で対照的だが、不思議と受ける印象は似通っている。どちらもおれたちを歓迎していないし、不機嫌を隠そうともしない。

先ほど発言したのは、縦長のほうだった。名前は依田《よだ》。警視庁捜査一課の所属で、八王子《はちおうじ》山中女性死体遺棄事件の捜査を担当しているらしい。その隣で面倒くさそうに首を回している横長のほうは、永嶋《ながしま》。同じく捜査一課の所属。

ジヨンがおれのネトカノであった事実が判明し、おれはすぐさま伯父さんに連絡を取った。あまり警察は好きでないし、できればかかわらずに生きていきたいと願っていたが、そんな悠長なことを言っている場合ではない。八王子の事件について新たな事実が発覚したので情報を提供したいと告げると、翌日には練馬中央署での面会をセッティングしてくれた。伯父さんの影響力について実は少しだけ疑っていたが、謝らなければならない。

とはいえ、依田と永嶋の態度を見る限り、偉大なOBへの義理立てはするものの、情報の内容については期待していない、という雰囲気がありありと伝わってきた。ネット限定で身辺調査を請け負うSNS採用調査員というおれの仕事内容も、胡散臭《うさんくさ》さに拍車をかけたかもしれない。ネットで殺人事件の証拠が見つかるのなら警察はいらない。捜査は靴底をすり減らしてなんぼ、とでも考えているのだろう。

そんなわけで最初から印象は最悪だったが、だからといって引き返すわけにもいかない。なにしろ人の生命が懸かっている。おれはできるだけ低姿勢で、言葉を選びつつ、相手の職分を侵していると誤解を与える発言をしないよう心がけながら、状況を説明した。

それにたいする反応が、半笑いでの「つまり、こういうことですか」だ。

「偶然とは思えません」

茉百合が前のめりになる。「社長のネトカノが行方不明になったんです。〈ロメロ〉のタイムラインには、その女の子のマンションの外観写真が投稿されていた」

依田が嫌らしい笑みを湛《たた》えたまま口を開いた。

「そういう説明をするとたしかにものすごい偶然のように思えます。でも、こう解釈したらどうですか。潮崎さんはＳＮＳでネットナンパをしていて、ある韓国人女性とネトカノ……ですか、インターネット上だけの恋人関係になった。しかし、ネット上だけのやりとりでは我慢できなくなり、過去の投稿から彼女の住まいを特定し、自分の鍵アカウントに投稿した」

　思いがけない展開にぎょっとなる。

「おれが〈ロメロ〉だっていうのか」

「違うんですか」

「どうしてそうなる。そんなわけがない」

　おれは両手を広げ、潔白を主張した。

「そのほうが筋が通りませんか。就活生の裏アカウントを特定していたら、殺人鬼のアカウントを見つけた。そして殺人鬼の次の標的と思われる相手は、ネット上で恋人関係にある女性だった、という偶然より」

「違います。偶然はスタート地点だけです。たまたま就活生の裏アカウントにフォロー申請して鍵を開けてもらったら、それは殺人鬼のアカウントだった。ジヨンさんが次の標的にされたのは偶然じゃない。殺人鬼のアカウントにフォロー申請するための囮アカウントに、彼女の写真を使用したからです」

　茉百合の説明を聞いていて、心が痛くなる。かりにその通りだとすれば、ジヨンが狙われたのは完全におれの責任だ。顔が写らないよう加工していたものの、〈サヤカ〉のアカウントに使用していたジョンの写真を注意深く見ていけば、彼女のだいたいの活動範囲が絞り込める。自身がネット探偵を生業《なりわい》にしながら、囮アカに写真を無断使用する相手のプライバシー保持についてあまりに無神経だった。

おれのせいで誰かの生命が危険に晒される。どころか、すでに殺されたかもしれない。

茉百合はなんとか警察を動かそうと躍起だが、この調子ではとても無理だ。おれたちの言いぶんをすべて疑いなく受け入れ、即座に動き出してくれるとまでは期待していなかったが、ここまで相手にされないとも考えていなかった。日本の警察はこんなにも頭が固いのか。

それにはどうやら、たんなる縄張り根性だけではない理由があるらしかった。

「あんたからの情報をもらって、倉野についてはすでに調査済みだ」

初めて横長のほうが口を開いた。たしか永嶋という名前だった。

互いの顔を見合うおれたちに、永嶋は続ける。

「〈ロメロ〉というアカウントが投稿していた写真は、たしかに殺された看護師の住んでいたアパートだし、ほかの写真もその近辺を撮影したものだった。だが、偶然だ。あのアカウントも倉野のものじゃない」

「なにを根拠に——」

茉百合を永嶋の低い声が遮る。

「あの写真が〈ロメロ〉のアカウントに投稿されたとき、倉野は日本にいなかった。台湾に海外旅行中だったんだ。練馬区土支田近辺の風景を撮影してSNSに投稿するのは、事実上不可能だった」

さすがの茉百合も驚いたようだ。大きく目を見開いて固まっている。

代わりにおれが口を開いた。

「海外からも投稿することはできる」

「どこから投稿されたものかぐらい、調べた。池袋の複合商業施設のWi-Fi経由で投稿されたものだった。端末までは特定できていないが、少なくとも投稿したのは倉野じゃない」

「端末が特定できていないって、どういうことですか」

「正確には端末は特定できているが、所有者が特定できていない……だな」

永嶋の目配せを合図に、依田が口を開く。

「スマホではない、タブレットからの投稿なんです。そのため、所有者が登録されておらず、特定には至りませんでした」

「所有者不明のタブレットから複合商業施設のWi-Fiで投稿って、怪しい——」

茉百合を永嶋が遮った。

「怪しくはない。いまどきタブレット端末なんかどこでも売ってるし誰でも使ってる。たまたま訪れた商業施設でＷｉ‐Ｆｉ設備があれば利用する。どこが怪しい。なんでも怪しい眼で見ようとすれば怪しくなる。倉野が怪しいって考えてたあんたらには、怪しく見えるってだけだろうが。だがな、あの写真を投稿したのは倉野じゃない。あんたらの情報には、最初から事実誤認があった」

「カーブミラーに写ってた」

「あれか」

永嶋はすぐに思い当たったようだ。鬱陶しそうに顎をかきながら答える。

「いちおう検証はした。小さくて不鮮明で人相がわからない上、表面が湾曲してるせいで像が歪んでいる。あれを根拠に個人を特定はできない。倉野だって思っていれば倉野に見えるし、あんただと思っていればあんたに見える」

「あんた」のところで顎をしゃくられたのは、おれだった。後ろ暗いところなどなに一つないはずなのに、反射的に身を硬くしてしまうのは、日ごろの行いのせいか。

「あれがうちの社長に見えるなら、眼科行ったほうがいいんじゃないの」

「なんだと？」

訊き返す声が恫喝の色を帯びる。

「いくら不鮮明で像が歪んでいたところで、あれが社長に見えるのはおかしい。どう見ても背の高いスマートな体格で、スタイルがよかったし」

根拠は信頼でなく、スタイルの悪さか。

「まあまあ」と、それまで軽薄な笑みを浮かべていた依田が、会話に加わってくる。「あれが潮崎さんだと言うつもりはありません。ですが、あの写真を倉野と断定することもできない。あの写真が投稿されたとき、倉野は海外にいたんですから」

茉百合の、加勢してくれと言わんばかりの視線がおれを向く。

申し訳ない。不本意ながら、おれも依田の意見に賛成だ。あの写真写りでは倉野と断定はできない。しかもあの写真の投稿時に倉野が海外にいたのだから、〈ロメロ〉は倉野の裏アカでもないことになる。

クライアントに〈ロメロ〉を倉野の裏アカとして報告しなくてよかった。同時に、もしかしたらほかにも事実誤認はあったかもしれないと考えて、ひやりとなる。まったく関係ないアカウントを就活生と紐付《ひもづ》けてしまい、誰かの人生を狂わせたケースが、これまでにもあったのではないか。

依田がおれたち二人を交互に見た。

「一連の写真だって、犯行当日に撮られたものならばともかく、被害者が失踪する一週間ほど前に撮られたものだし、被害者の住居だけが捉えられていたわけでもなく、たくさんの写真のうちの一枚に、被害者の住むアパートが写っていただけです。しかも、アカウント主はあなたがたの言う倉野でもない。よって私たちは、あの写真を事件とは無関係だと結論づけました」

「ジヨンさんは？　行方不明になってるのに」

食い下がる茉百合を、永嶋が一喝する。

「たかが外国人ホステスがたったの三日間、家に帰ってないってだけだろうが。そんなんでいちいち捜一が動いてられるか」

茉百合の顔色がさっと変わった。

「なにその言い方！〈たかが〉は〈外国人〉と〈ホステス〉、どっちにかかったの？　どっちでも許せないけど！」

「どっちもだよ。どっちも〈たかが〉だ。たかが外国人、たかがホステス、たかが家出……ってな――」

予想通り、茉百合が右手を振りかぶりながら立ち上がったので、おれも反応して茉百合を止めようとした。

が、茉百合の動きは思ったより速かった。彼女の腕をつかもうとしたおれの手は空振りし、勢いを増した彼女のこぶしは……彼女を遮ろうとしたおれの頬に叩き込まれた。

おれは並べてあった紙コップの緑茶をひっくり返しながら、ローテーブルに倒れ込む。テーブルの上を一回転し、二人の刑事の膝に横たわるかたちで止まった。不幸中の幸いは、ローテーブルのガラス製の天面が割れなかったことだ。

二人の強面刑事は、突然テーブルを転がって膝に乗ってきたおれを見て、さすがに真っ青になった。人間、もっとも恐ろしいのは理由のわからない意味不明の行動だと実感する。

「同僚の失言については謝罪します。申し訳ありませんでした」

依田は永嶋の無礼について謝った上で、ジヨンの件については所轄署の相談窓口を利用してほしいと告げた。

おれは永嶋を睨み続ける茉百合を強引に連れ出すかたちで、練馬中央署を後にした。


警察署を出たおれたちは最寄り駅に向かい、駅前にある喫茶店に入った。ただでさえ警察署というストレスフルな場所に出かけた上、強面の刑事二人を相手に圧迫面接のような雰囲気でプレッシャーをかけられ続けたのだ。身体がニコチンを欲していた。古くからありそうな小汚い喫茶店の店先に掲げられた〈喫煙可〉の表示を無視して、通り過ぎるのは無理だった。

閑散とした店内の奥まった席に座り、メニューを見るより先にマルボロに火を点ける。全身から余分な力が抜け、波立った心がゆっくりと落ち着いていく感覚。寿命の十年や二十年縮んだところでなんだ。年金も払っていない身としては将来に不安しかないので、むしろ長生きせずにそこそこの年齢で逝きたい。

「あの永嶋って刑事、ぜったいに忘れないから」

茉百合はまだ怒りが収まらない様子だ。こいつなら本当に死ぬまで忘れなそうだ。

「しかし、あの反応は想定内でもあった」

おれはニコチンのおかげで凪《な》いだ海のような、穏やかな心境だった。

警察には期待できない。あらかじめ覚悟はしていた。

もっとも、今回のやつらの態度は期待以下ではあったが。

もしも〈ロメロ〉を倉野の裏アカであると断定し、事情聴取なりを行っていたら、伯父さん経由でなんらかの続報が入っていたはずだ。それがないということは、イコール、報告するだけの成果がなかったということになる。

OBからもたらされた情報をもとに、捜査本部は倉野について調べたのだろう。そこでなんらかの進展があればOBに感謝もするだろうが、無駄足に終われば不要な現場介入になる。とっくにリタイアした老害が重大事件の捜査にいっちょ嚙みしようとした結果、現場が混乱を来したとでも捉えられたか。しかもその的外れな推理をしたのが、OBの甥であり、SNSでの身上調査を生業とするネット探偵となれば、素人がプロの現場に口出しするなという反発も予想できる。

　水を運んできた店主に、コーヒーを二つ注文した。

「あの態度は許せない。ほんとむかつく。悔しい」

「収穫がゼロというわけでもない」

　かといって、それが前進といえるのか微妙なところだが。

「カーブミラーに写ってたの、ぜったい倉野だと思ったんだけど」

「倉野は日本にいなかった」

　警察の態度が気に食わなくても、連中が明らかにした事実まで否定するわけにはいかない。茉百合は無念そうにテーブルに突っ伏した。

「それがわかってよかった。〈ロメロ〉事実誤認したまま突っ走っても真実には辿り着けない」

「かもしれないけど、〈ロメロ〉を特定する足がかりがゼロになった」

　倉野と〈ロメロ〉が無関係であれば、〈ロメロ〉のアカウント主に結びつくいっさいのルートが断たれる。

「考えすぎ……って可能性はないか」

「は？」

　鋭く尖《とが》った切っ先を、相手に突きつけるような口調だった。

「〈ロメロ〉が練馬の看護師のアパートを撮影していたのも、新大久保のホステスの住むマンションを撮影していたのもたまたまで、行方不明になった女がおれのネトカノだったのも――」

「冗談でしょ」とうんざりした調子で遮られた。

「社長までそんなこと言うの。世の中に驚くほどの偶然が重なることが皆無とはいわないけど、ここまで偶然のような出来事が重なって、それを偶然だと片付けられるなら、もう探偵なんて名乗る資格ない」

名乗るつもりはないのだが。

それでも茉百合の主張は正しい。警察がまともに取り合ってくれないのは、当事者ではないからだ。しかし、おれたちは違う。実際に奇跡的な偶然の重なりを体験している。その上ですべてを偶然と片付けられるなら、おめでたいことこの上ない。そしてその責任は、彼女の写真を囮アカに無断で使用していたおれにある。

ジョンが行方不明になった背景には、〈ロメロ〉がかかわっている。

屑の自覚があるおれでも、さすがに気が咎める。なんとかしなければ。

だが、どうすれば……？

コーヒーが運ばれてきた。

持ち上げたカップに口をつけたところで、茉百合が言う。

「もうさ、DM《ダイレクトメッセージ》送ってみる？」

反応までに少し時間がかかった。

「〈ロメロ〉にか」

「それ以外に誰がいるの」

「危険じゃないか」

「だって、もうそれしかない。手がかりないし、時間ないし。このまま手をこまねいていても、ジヨンさんが殺されるのを待つだけじゃない。もしかしたらもう手遅れかもしれないし。茉百合の語尾が不本意そうに萎《しぼ》む。

しばらくして、自らを奮い立たせるように、勢いよく顔を上げた。

「結果がどうなるかわからないけど、できる限りのことをするべきじゃない?」

反論の余地はない。もしもジヨンがまだ生きているのなら、なんとしてでも救い出したい。だが問題は、DMを送る行為がどういう事態を招くか、だ。

「たとえばどういう内容だ」

「そうね」としばらく虚空を見上げ、茉百合が言った。

「〈サヤカ〉としてフォロー申請したのが標的にされた理由ならば、〈ロメロ〉は人違いしている」

「それは間違いない」

本来〈ロメロ〉に狙われるべきは、おれだ。殺人鬼にしても、三十代半ばのおっさんよりは若い女のほうがいいのかもしれないが。

「だとしたら、人違いだと伝えてみたらどうかな」

おれはコーヒーをひと口飲み、マルボロをひとふかししてから、答えた。

「おれたちがそういうDMを送って、〈ロメロ〉を刺激してしまう可能性は」

「あるよ。もちろん」茉百合は即答する。

「でも、私たちが刺激しようとしなかろうと、結果は変わらない。警察が本気で〈ロメロ〉を調べてくれているなら余計な真似は避けるべきだけど、現状はそうじゃない。〈ロメロ〉の逮捕は期待できない。だから、なにか手を打たないと。練馬の看護師は、行方不明になってから三日後に遺体で発見されている。ジョンさんが行方不明になってから、今日で三日目」

練馬の看護師のケースと同一犯であれば、ジョンはすでに殺害されている可能性が高い。生きていたとしても、猶予はせいぜいあと数日。だとすれば、なにもせずに手をこまねいているより、確率は低くとも動くべきだ。

おれと茉百合は〈ロメロ〉に送るDMの内容を話し合った。その結果出来上がったのが、次のような文面だ。

——あなたは人違いしています。その女性は私ではありません。

具体的な単語は含んでいないが、〈ロメロ〉がおれたちの睨んだような人物ならば、文意は伝わる。

茉百合は〈サヤカ〉にログインし、二人で考え抜いた文章を入力した。最後に確認のために見せてくる。間違いない。誤字脱字もない。おれは頷いた。

「じゃ、送るよ」

さすがに茉百合も緊張しているようだ。かすかに呼吸が震えている。

茉百合の右手親指が、ゆっくりと、彼女のスマホの液晶画面をタップした。

その後、しばらく画面を見つめ、顔を上げる。

「送った」

おれは肩で大きく息をしながら、自分が呼吸を止めていたのに気づいた。

「反応はあるかな」

「反応は、ある。良いか悪いかはともかく」

茉百合は爆発物を扱うような手つきで、スマホをテーブルの中央に置いた。

「これからどうする」

そう口にしたのに、とくに意味はない。沈黙が怖くて音を発しただけだった。

「どうもこうもないし。返信がないと動きようがない。なんでも私に訊かないで」

ややキレ気味に返され、結局は沈黙が訪れた。

カウンターのほうから、水を流す音や、食器の鳴る音が聞こえてくる。おれたちは重たい空気に抗《あらが》うように肩をいからせ、テーブルの中央に置いたスマホをじっと見つめた。

どれほど時間が経っただろう。ふいに茉百合が笑いを漏らす。

「なんで二人でスマホ見つめてるんだろうね。DM送ったからってすぐに読むわけないし、ここで返事来るわけないし」

「そ、そうだな」

「すぐにLINE返さないと鬼電攻撃してくるメンヘラ女子みたい」

「まさしくそうだ」

にわかに空気が弛緩《しかん》する。

いまおれたちと〈ロメロ〉をつなぐのは、このDMだけだ。それ以外にできることはない。だから一刻も早い反応を望んでしまうが、DMにいつ返信するかは相手次第だ。相手のペースに乗せられてはいけない。信じて待つしかない。

とはいえ、どうしてもスマホが気になってしまうのだが。

「ひとまず店を出るか」

「そうだね。会社に戻って仕事しながら反応を待とう」

そう言って茉百合が手をのばしたとき、スマホが振動した。

明るくなった液晶画面に、DMの到着を告げるポップアップが表示されている。

――おまえは誰だ？
それが〈ロメロ〉からの返信だった。

第三章

おれと茉百合、二人の時間が止まっていた。

一足早く時間の流れを取り戻した茉百合が、テーブルの上のスマホを慌ただしく取り上げる。そのときの物音で、おれも現実世界に戻った。

「来た……」

「来たな」

それしか言葉が出ない。ネットナンパで顔の見えない相手とのやりとりは慣れていたが、今回ばかりは勝手が違う。これまでに味わったことのない緊張感だった。

なにしろ相手は殺人鬼——たぶん。

そして、ジヨンという韓国人ホステスを監禁し、いまにも殺害しようとしている。あるいはすでに殺害した——たぶん。

「どうする？」

「わかんない。ちょっとは自分でも考えて」

茉百合も相当テンパっているようだ。広げた両手の置き場を探すように、あたふたと動かしている。それから自分の胸に手をあて、深呼吸した。

「まずは落ち着こう。まだポップアップで確認しただけだから、既読はついてない」

DMのやりとりでは、アプリを開かなければ既読マークがつかない。このへんはLINEと同じだ。

「とはいえ、あまり相手を焦らさないほうがいいぞ」

「わかってる。ただ焦って墓穴を掘るような真似はしたくないの」

茉百合はグラスを手に取り、いっきに半分ほど水を飲み干した。

「次の一手が重要だ」

「だから、わかってるってば」高揚を鎮めようとするかのように、茉百合が肩を上下させる。「いったん、状況を整理しよう」

「あなたは人違いしています。その女性は私ではありません。この文章で相手に伝わるのは、〈ロメロ〉がジヨンを拉致したことと、あとは――」

「〈ロメロ〉が自分と相互フォローの関係にある〈サヤカ〉を狙った。それをこちらが知っていた、ということ、だよね」

おれは頷いた。

「向こうはかなり焦っただろうな」

「焦るようなタマかな」

「明らかに警戒している」

──おまえは誰だ?

文章だけだとどういう口調かわからない。それでも、こちらの正体を探ろうとしているのは間違いない。

──あなたは人違いしています。その女性は私ではありません。

女を拉致した殺人鬼でなければ、この文章は意味不明だ。こんなDMを送ってこられたら、おれならまず宛先間違いを疑う。別の人間に送ろうとしたDMが、自分に送られてきた。しかも送ってきた相手は、数少ない相互フォロワー。返信するにしても「おまえは誰だ?」などという乱暴な物言いはしない。DM内の「その女性」に心当たりがあるのだ。

ジヨンは〈ロメロ〉に拉致された。

「返信では、ジヨンさんの安否については確認しないほうがいい」

本当はそれがもっとも気になるところだが。

「私もそう思う。私たちの狙いがジヨンさんの助命だとわかったら、〈ロメロ〉は真っ先にジヨンさんの命を奪う。私たちはジヨンさんについてとくに思い入れもなく、名前も知らない。彼女が生きていようが殺されていようが関係ない。そういうスタンスでいくべきだよね」

「おれたちは〈ロメロ〉の正体を知っているし、犯行の全貌もつかんでいる。人違いだと伝えたのも、ジヨンさんを救いたいからではなく、ぜんぶ見ている、わかっている、というステートメントに過ぎない」

「うん。ジヨンさんが罠にかかったのではなく、ジヨンさんを狙うよう仕向けた、ぐらいでいかないとね。わざと人違いさせて、失敗を嘲笑《あざわら》っている……」

そこまで言って、茉百合がなにかに気づいたようだった。

「罠……ジヨンさんは罠にかかった。〈ロメロ〉の鍵アカにフォロー申請を送ること自体が、罠。だとすれば、フォロワーの中にほかにも被害者が？」

しばしの沈黙を挟んで反応したおれの声は、自分でも驚くほど落ち着いていた。

「〈ロメロ〉のフォロワー数は」

落ち着いているのではなく、たんに衝撃が大きすぎて脳が追いつかないだけだ。

茉百合がDMを閉じ、〈ロメロ〉のプロフィール画面を表示させる。

「八人」

「八人……」と意味もなく繰り返す。

カップを持ち上げてコーヒーを飲もうとしたが、すでに空っぽだった。お替わりを頼もうとカウンターのマスターに手を上げ、「きみは？」と茉百合に確認すると「いい」とかぶりを振るしぐさが返ってきたので、一人ぶんだけお替わりをオーダーした。

マスターがカウンターに引っ込むのを待って、おれは言った。

「八人のうちの一人は〈サヤカ〉だよな」

「うん。だから、ほかにあと七人」

「その七人の中に、練馬の看護師がいるんじゃないか」

「そうか。そうだね」

茉百合がスマホを操作し、フォロワー一覧を表示させる。アイコンはサヤカと同じように自撮り写真の顔をスタンプで加工したもの以外に、自分で描いたのかどこかから引っ張ってきたのか、似顔絵っぽいイラスト、ハリウッド映画俳優の写真など、さまざまだ。だが映画好き、ことにホラー映画好きという点は共通しているようだった。すべてのフォロワーのプロフィールには、好きな映画のタイトルや監督名などが記載されている。

人差し指で画面をゆっくりスクロールさせながら、フォロワー一人ひとりのプロフィールを吟味していた茉百合が、弾かれたように顔を上げた。

「あった」

「本当か？」

「これ。たぶんそう」

茉百合がスマホの画面をこちらに向ける。

〈ジェイソン〉というハンドルネームのアカウントだった。その名の通り、アイコンにはホッケーマスクをかぶった有名な映画に登場する殺人鬼の写真が使用されている。

プロフィールにもそのキャラクターが登場する映画のタイトルのほか、『三十路《みそじ》を前に焦る千葉民』や『#グロ映画好きとつながりたい』といった文言が並んでいた。

「これは、男じゃないのか」

プロフィールを読む限り『練馬』も『看護師』も見当たらない。アイコンの印象に引っ張られているのかもしれないが、男性にしか思えない。

しかし茉百合は「いいや。女性」と断言した。プロフィールの文章を指差す。

「三十路を前に焦ってる。練馬事件の中尾敦美は二十八歳」

「ああ」と声が漏れた。

たしかにそうだ。三十歳という年齢は男女問わず大きな節目になる。とはいえ、〈ジェイソン〉は『焦って』いる。なににたいして焦っているのか。おそらく結婚だ。三十歳までに結婚したいと焦る男もいないことはないだろうが、割合でいうと女のほうが圧倒的に多い。

「あと、中尾敦美は練馬在住だけど、実家は千葉だった。SNSのプロフィールには現住所より出身地を書くことのほうが多い」

「それもそうだな」

「決定的なのが、〈ジェイソン〉のアカウントは三か月前に更新が途絶えている」

〈ジェイソン〉の投稿を見てみると、最終更新日は三か月前の事件発生直前だった。
茉百合はスマホを手にし、さらに〈ジェイソン〉の投稿をさかのぼる。
気になる投稿を見つけたらしく、こちらに画面を向けた。
「あの映画、大泉でもとしまえんでもやってない、当直明けで行こうと思ってたのに
……という呟きがある。練馬区土支田在住だと、最寄りの映画館はこの二つ。しかも
当直のある勤務体制。〈ジェイソン〉は中尾敦美で間違いない」
たったこれだけの投稿で人物が特定されてしまうのだから、SNSは恐ろしい。
いや、恐ろしいのは茉百合か。やはり、おれなんかよりよほどネット探偵の素質が
ある。
ともあれ、〈ジェイソン〉は中尾敦美で間違いなさそうだ。
〈ロメロ〉は自身の鍵アカウントへのフォロー申請を承認し、相手のアカウントもフ
ォローして相互フォローになる。そうした上で、相手の投稿から個人を特定し、殺害
する。
現時点でフォロワーは八人。
〈サヤカ〉を除けば七人。
すでに七人殺している？
嘘だろ？

ふいに寒気がして全身が粟立《あわだ》った。

同じことを考えたらしく、茉百合がほかのフォロワーのページに飛び、投稿を確認していく。

それから大きく息をついた。どういう心情を反映したしぐさなのか判断が難しかったが、安堵だったようだ。

「昨日呟いているフォロワーがいる」

「ほかのフォロワーは？」

茉百合はほかのフォロワーのページを確認していった。

これはアクティブ、これは更新が止まっている。一つひとつ確認していった結果、三つのアカウントが、ここ一週間以内になんらかの呟きを投稿していた。

更新が止まっているのは、五人。

うち一人は囮アカの〈サヤカ〉。

もう一人が〈ジェイソン〉こと中尾敦美。すでに亡くなっている。

「なにが基準だ」

全員が殺されたわけではないとわかり少しほっとしたが、そうなると不可解なのは標的を選定する基準だ。〈ロメロ〉の八人のフォロワーにおいて、〈サヤカ〉がいちばんの新顔だ。なのに、ほかのフォロワーを差し置いて命を狙われている。

「たんに身元の特定がしやすかったからかと思ったけど、そうでもない。昨日投稿があった〈ＫＩＬＬＥＲ〉というアカウントでは、投稿した写真にコンビニの店名が写り込んでるし、その気になれば個人特定に時間かからなそう」

茉百合が言うのなら間違いない。

「なにかほかの基準もあるのかもしれない。鍵アカにフォロー申請してきただけでなく、いくつかの基準を満たした者を標的にする」

「その基準を〈サヤカ〉が満たしてたってこと？　なにかな。そんなに変わったこと投稿してないよね」

〈サヤカ〉はおれが鍵アカ対応用に育てた囮アカウントだ。とくに映画好きのユーザーと趣味が合うよう、映画についての投稿を多めにしている。とはいえおれ自身、特段の映画マニアというわけでもないし、そもそも投稿内容があまりに偏っていたら汎用性が低くなる。投稿自体は映画を好きなのがわかる程度に留めておき、フォロー申請前にプロフィールを書き換えることで相手の嗜好に合わせていた。なにが〈ロメロ〉の琴線に触れたのか、見当もつかない。

「案外、フィーリングみたいな漠然としたものかもしれない。そんなことより、〈サヤカ〉と〈ジェイソン〉以外に三人も更新が止まっているのか」

最初は八人全員が殺されているかもと思ったのでそれよりは少ないが、だからといってけっして安心できる数字ではない。ジヨンが殺されているとしたら、中尾敦美も含めてすでに五人、殺されている可能性がある。

「ほかの三人が全員殺されているかは、まだわからないけどね。たんにユーザーがSNSを放置して、更新が止まっているだけという可能性もある」

そうであってほしいと願うような、茉百合の口調だった。

「ともかく、いまは〈ロメロ〉のDMにどう返すかだ。〈ロメロ〉はこちらの正体を知りたがっている。質問にはまともに答えないほうがいい。要求には応じずに、さらに謎を深めさせるような返事」

「すべてお見通しだぞ……って感じだよね」

そして、おれたちが作った文面は、次のようなものだった。

——待っています。

これだけだ。

待っています。人違いをしているから自分を殺しに来てほしいと解釈できる。だがそんなことを望むはずがない。正体を見抜かれない自信があるのだ。つまり、〈ロメロ〉を挑発している。

「送信完了」

スマホから顔を上げた茉百合に、おれは言った。

「こうなった以上、きみもおれとしばらく距離を置いたほうがいい。休め」

「なんで？」

「事態がどう展開していくのか予想もつかないが、殺人鬼に『待っています。』なんてメッセージを送ったんだ。〈ロメロ〉は本物の〈サヤカ〉――つまりおれたちを狙ってくる。きみを危険に晒すわけにはいかない」

「なんでおれたちになるの？」

不本意そうに言われ、おれはきょとんとした。

「どう考えても標的は社長でしょ。〈サヤカ〉は社長が作って育ててきた㈹アカなんだから」

「しかし、きみが巻き添えを食う可能性だって」

「ない」と力強く断言された。

「〈ロメロ〉はきっちり標的だけを狙っている。ジヨンさんだって、同居してて長い時間行動をともにしている友達もいるのに、そっちにはいっさい危害が加えられていない」

「そうかもしれないが、万が一のこともある」

実際に、ジヨンは人違いで狙われた。

「あったとしても私は別にいいし」

思いがけない強い口調に、言葉を発した茉百合自身が驚いたようだった。

とりなすような作り笑顔を浮かべ、続ける。

「ここまで来た以上、途中で降りるなんてできない。ソユンさんから依頼を受けたのは私だし、きちんと最後まで見届けたい」

「だがな」

おれの言葉を遮るように、茉百合がかぶりを振る。

「もう言わないで。お願い」

ここで嫌われ者になろうと、毅然《きぜん》とした態度を取れるのが大人の男なのだろう。だが、残念ながらおれは人間的に未熟すぎる。それ以上強く出ることができなかった。

再度コーヒーをお替わりしつつしばらく待ってみたが、DMへの返信はない。チェックマークに色がついているので、いちおう読んではいるようだ。向こうも下手に動くことはできないと考えているのか。こちらとしても、返事を催促するような真似はしない。あくまでこちらが優位に立って交渉を進めるべきだ。となると、DMのやりとりはいったん終了か。

場所を変えて仕切り直しすることにして、おれたちは店を出た。

目を開けた。

暗闇に慣れた視界に、煤けたクリーム色の天井が映る。身体は疲労しているのに、どうにも神経が昂《たかぶ》って眠れない。そんな夜だった。隣室からは爺さんのいびきが聞こえてくる。ときおりフガッとなにかが詰まったような音がして、静かになる。爺さんはたぶん、睡眠時無呼吸症候群だ。病院に行ったほうがいい。

起き上がり、ベッドに腰かける。テーブルの上に置いてあるマルボロのパッケージをつかみ、一本を咥《くわ》えて火を点けた。

煙を吐きながらスマホをチェックする。〈サヤカ〉のアカウントにDMが届いたら通知が来るように設定していたが、液晶画面は綺麗なものだ。茉百合からのLINEやメールも届いていない。ということは、ジヨンは戻っていない。もしもなにか展開があれば、ソユンから茉百合に連絡が行くはずだ。

煙を深く肺まで吸い込み、細胞を鎮める。

〈ロメロ〉はいったい何者だ。

やつは〈サヤカ〉のタイムラインをさかのぼり、投稿された写真の背景などからジヨンの身元を特定し、拉致した。

実際のところはどうかわからないが、いまのところそう仮定しているし、その仮定が正しければ、若いホステスが狙われたのはおれのせいだ。

PCを起動し、SNSを開く。〈サヤカ〉でログインし、〈ロメロ〉のページに飛んでみた。

新たな投稿はない。

スクロールしてタイムラインをさかのぼる。〈サヤカ〉を含む八人のフォロワーのうち、アクティブなのは三人。それ以外の五人は更新が止まっている。五人のうち一人は〈サヤカ〉。もう一人は、バラバラ遺体で発見された練馬在住の看護師・中尾敦美。残る三人も殺されたのだろうか。

〈ロメロ〉が連続殺人鬼で、このアカウントが標的を誘い込む罠だとすれば、なぜアクティブな三人の相互フォロワーは難を逃れた。標的選びの基準はなんだ。

……深刻に捉えすぎじゃないか？　〈ロメロ〉が連続殺人鬼という推理が当たっているとは限らない。ただのホラー映画好きが好きな映画について情報収集するために作った鍵アカで、殺人事件の被害者の住まいの写真が投稿されたのも偶然かもしれない。被害者の住まいは集合住宅で、ほかにも住人がいる。

新大久保のホステスも、たんに男か友達の家を泊まり歩いているだけかもしれない。

DMだって、絡みのない人間から意味不明なことを言われれば不快だし不審に思う。『おまえは誰だ？』という返信だって不自然じゃない。それにたいして『待っています』なんて返されたら、気味が悪くて無視する。

茉百合に影響されてその気になってしまったが、実際にはなにも起こっていない。

「いや」違う。

なにも起こっていないように思いたいだけだ。自分のせいで見ず知らずの他人が生命の危機に瀕していると考えたくないだけ。

練馬の看護師・中尾敦美までは偶然で片付けられても、新大久保のホステスまで含めると偶然が過ぎる。現実から目を逸らすな。

画面には練馬区土支田近辺の写真が表示されている。およそ三か月前に〈ロメロ〉が投稿したものだ。

さらにさかのぼってみた。ホラー映画の感想やジャケット写真、どうでもいいような雑記など、他人の投稿の共有を挟んで、別の街の風景写真が数枚現れた。

横浜市神奈川区の神大寺《かんだいじ》周辺だというのは、夕方までここにいた茉百合が特定済みだ。まったく恐るべき才能というか執念というか。写真の端に写り込んだ電柱の広告を端緒に、数時間で撮影地点を割り出すとは。

明日は茉百合とこの場所を訪ねることになっていた。例のごとくなんの変哲もない街並みを撮影した風景写真の中に、住居を写したものが一枚ある。ただし、今回は集合住宅ではない。一戸建てだ。〈ロメロ〉が殺人の標的にした人物の住まいを撮影し、この鍵アカに投稿したのであれば、この家の住人になにかが起こっている。もし本当にそうならば、もはや茉百合の推理はたんなる憶測ではなくなる。

おれはそれを恐れている。責任の所在が明らかになってしまうのを。ジョンが狙われたのはおれの責任だ、ということが。

それにしても――ふと、喫茶店での茉百合の挙動を思い出す。

しばらく距離を置いたほうがいい。

それは茉百合の安全を考えての提案だった。もちろんおれだって不安だ。内心ビビりまくってる。誰かに傍《そば》にいてほしい。おれなりに懸命の虚勢を張ったつもりだったのだが。

――私は別にいいし。

彼女はそう言い放ったのだった。生に執着なんてない。さっさと死なせてくれと言わんばかりの投げやりな口調に思えたのは、気のせいだろうか。

茉百合はいったい、なにを抱えているのだろう。女子アナ志望だった彼女の夢を潰したのは、おれだ。それなのに、なぜかおれのもとで働いている。殺人鬼に狙われる可能性があるのに、おれから離れようとしない。

人前に出ようとする人間がデリヘルでバイトなんかするからだ。自業自得だ。最初はそう思ったが、あれだって自傷に近い行動じゃないか。彼女は自分を大事にできない。

美しく聡明で人当たりも悪くない。百戦錬磨の警察OBを短時間で籠絡するほどの魅力をそなえている。日の当たる場所だけをぬくぬくと歩いてきたように見えて、底知れぬ闇を抱えているだろうことは想像に難くない。あれだけのスペックがあって自分を安売りしてしまう、自己評価が低くならざるをえないほどの、つらい経験をしてきたのではないか。

おれは茉百合の表アカウントを開いてみた。

今日の更新は二回。

空を撮影した写真に『おはよう。みんなにとって今日も良い日でありますように』という文章が添えられたもの。コンビニで買ってきたデザートの写真に『最近ハマってる』という文章がついたもの。

デザートの投稿には、おそらく大学の友人と思われるアカウントから『うちもハマってる！　ってかいま瑞穂《みずほ》たちとカラオケいるけど来ん？』とコメントがついている。それにたいして茉百合は『美味しいよねー。ごめん。これからバイトだ』と返信していた。

まるでネットストーカーだと自嘲しつつ、おれは眉をひそめる。

これからバイト――？

茉百合がこの返信を投稿したのは午後七時過ぎ。とっくに事務所を出て帰宅しているはずの時刻だ。

別に友達に真実を述べないといけない決まりはない。友達といってもどれほど親しいかわからないし、気乗りしないというより、はっきり予定があるという理由で断られたほうが角も立たない。

それでも茉百合なら、気乗りしないときに口実をでっち上げたりしない。

おれは茉百合が在籍していた、歌舞伎町のデリヘルのホームページに飛んでみた。〈ゆうな〉はまだ店を辞めていなかった。いま現在出勤もしているようだ。バイトというのはこれか。

従業員のプライベートに口出しするつもりはないし、その権利もない。なにしろおれは茉百合に給料すら払っていないのだ。そもそも風俗で働いているからなんだというのだ。企業はそれを理由に不採用にするかもしれないが、じゃあおたくの社員はこういう店を利用したことがないのかと訊《たず》ねたい。

どうにも胸にかかる靄《もや》が晴れない。

もしかしたら、偽善者はおれのほうかもしれない。職に貴賤《きせん》なしなんて言いながら、心の底では差別している。だから、茉百合がまだ風俗で働いているのを知って、複雑な気持ちになるのだ。はっきり不採用にして自分たちの姿勢を示す企業のほうが、いっそ潔いのかもしれない。

おれは手近にあったチューハイの空き缶に吸い殻を落とし、新たなマルボロに火を点けた。


翌日。

おれと茉百合は東急東横線東白楽駅《とうきゅうとうよこひがしはくらく》のホームに降り立った。

時刻は正午をまわったところ。当初の予定では午前中に着くはずだったのだが、おれが寝坊してしまったのだ。眠れそうにないからいっそ朝まで起きていようと思ったのに朝方になってうとうとし始め、気づいたら待ち合わせ時刻を過ぎているというよくあるパターンに陥ったのだった。茉百合の激しいノックで起こされなければ、夕方まで眠りこけていただろう。

目的地である神大寺の一戸建てまでは二キロちょっと。徒歩だと三十分以上かかる。どう考えてもタクシーという場面だが、〈ロメロ〉が投稿した写真との答え合わせをしたいと茉百合が主張したため、歩いて向かうことになった。

「ここは学生の街なんだな」

街には二十歳前後の若者が多い。

「近くに神大あるから」

「神奈川大学か」

そういえば地図で見かけた。

「うん。最寄り駅」

大人びていても茉百合は彼らと同世代だ。スタイルがよすぎて、すれ違う学生たちと同じ人種には見えないが。

ふいに茉百合が足を止め、スマホと目の前の景色を見比べた。

「ここだ」

背後から茉百合の液晶画面を覗き込むと、たしかに実際の景色と一致していた。〈ロメロ〉のタイムラインに投稿された写真が、この場所で撮影されたのは間違いなさそうだ。

その後も茉百合は、途中で立ち止まっては答え合わせをしながら進んだ。撮影場所がこのあたりなのは、もはや疑いようがない。

そして、最終目的地に到着したときには、東白楽駅を出てから四十五分ほどが経過していた。

住宅街にたたずむ木造一戸建て。とりたてて不審なところも、周囲と比べて変わったところもない。

「人は住んでいそうだな」

家の前の狭いスペースに軽自動車が駐車してあり、二階のベランダには洗濯物がはためいている。玄関横の表札には『真鍋《まなべ》』と刻まれていた。

「どうする……って、おいっ」

気づけば玄関に歩み寄った茉百合が、インターフォンの呼び出しボタンを押していた。

ややあってスピーカーから女の声が応じる。

「はい」

印象としては四十代ぐらいだろうか。

「こんにちは。こちらのお宅にお住まいの方ですか」

「そう、ですが……」

「失礼ですが、ご家族の誰かが急にいなくなったりしませんでしたか」

いきなりのど真ん中ストレートに背筋が凍る。

「なんですか、いきなり」

相手の声が怒気を孕《はら》んだ。

「もしお困りでしたら、お力になれるかもしれません」

「困っていることはありません」

「本当ですか。私、ディザーブ探偵――」

ぶつり、と回線の途絶える音がした。

もう一度呼び出しボタンを押そうとする茉百合の腕を、おれはとっさにつかんだ。

「やめとけ。いきなり押しかけてそんなこと言っても警戒されるだけだ。話なんか聞けるわけない」

「でも、時間がない」

冷静に見えて茉百合も焦っているらしい。

「それはおれたちの都合だ」

「ここの家の人にも関係ある」

「だとしても」

〈ロメロ〉の標的になったのなら、この家の住人はとっくに殺されている。喉もとまでこみ上げた言葉を呑み込んだ。

そのときだった。

「うちになんか用ですか」

ショルダーバッグをたすき掛けにした若い男が立っていた。目を隠すように長くのばした前髪が、ナイーブな印象だ。

「真鍋、さん？」

「うち」と言っていたので間違いないだろうが。

はたして、男は軽く首を突き出すように頷いた。猫背を強調するかのようなしぐさだった。

「ご家族の誰かがいなくなったりしませんでした？」

少しは学んでくれよ。おれは内心で天を仰ぎつつ、男に歩み寄る茉百合の肩に手をのばす。

「父が」

「えっ」と声が漏れた。茉百合も虚を突かれた様子で、一瞬動きを止める。

「お父さんがいなくなった？」

「はい。半年ほど前に」

茉百合がいまの聞いた？という顔でこちらを振り返る。時期的にも〈ロメロ〉の写真が投稿されたのと重なる。

「もしよければ、詳しく話を聞かせてくれませんか」

おれの申し出に、男は怪訝そうに眉根を寄せた。

「なにがあったんですか。事故に遭ったとか？」

気にはなるが、それほど心配しているという雰囲気でもない。先ほどのインターフォン越しの冷たい対応といい、家族関係がよくなかったのだろうか。

「立ち話もなんですから、どこか落ち着いて話せる場所に移動しませんか」

茉百合にそう言われては、同世代の男に断る選択肢はない。彼が言うには、近くに飲食店がないらしい。しかたなく近所のマンションの敷地内にある緑地のベンチを借りることにした。

男の名前は真鍋篤斗《あつと》といった。神奈川大学の一年生というから茉百合とは三歳しか離れていないのに、かなり幼く見える。あの家には母親と中学生の妹との、三人で暮らしているようだ。

篤斗はおれたちの素性を訝《いぶか》しんでいるようで、何者なのか、なにが目的なのかをしきりに質問してきた。おれは篤斗を安心させるため、ついに自分から探偵を名乗った。目的については守秘義務があるので詳しくは話せないが、現在調査中の案件にお父さんが絡んでいるかもしれないと説明した。

ネットで架空のアカウントを作るのとは違い、対面で虚偽の説明をするのはかなりの抵抗があった。この抵抗感が薄れるから、人はネット上で平気で自分を偽れるのだろう。

半年前に行方不明になった篤斗の父は、隆英《たかひで》という名前だった。四十五歳で、行方不明になった時点では、自動車ディーラーに勤務していた。もっとも、仕事が長続きしないたちで、数年ごとに転職を繰り返していたらしい。自動車ディーラーにも勤務して半年だった。

「交通事故にでも遭ったのかと思った」

篤斗は拍子抜けした様子だった。交通事故どころかもっと大変なことになっているかもしれないとは、とても言えない。

「事故に遭ってたほうがよかった？」

茉百合の訊き方は少し意地悪にも思えるが、言いたいことはわかる。

「どうして？」

「あまり心配してないみたいだから」

「心配……」

言葉の意味をたしかめるような沈黙を挟み、篤斗が口を開く。

「そうかもしれません。たまに家にいるよそのおじさん、みたいな感覚でしたから」

父の隆英は仕事が長続きしないだけでなく、たびたび外に女を作っていたようだ。そうなるとしばらく自宅に帰らなかったという。

どうしてお母さんは離婚しないのか。多くの人間が思い浮かべるであろう疑問を、茉百合は口にしなかった。なにが普通か、なにが当然かは、人によって異なる。やはりこの女は、いろんなものを背負って生きているのだと、おれは確信した。

社会適応能力ゼロの夫であり父だったが、篤斗にとって幸運だったのは、母の実家が比較的裕福だったことだ。いまの家も母方の祖父が購入したもので、篤斗と妹はひもじい思いをすることなく育った。ただ、父親が働かず、家にいないことが多い点が、同級生とは異なる点だった。篤斗の口調がとくに寂しそうでも憤ってもいないのは、それが当たり前だからだろう。子どもにとっては生まれ育った境遇こそが『正常』であり、そこから外れるものが『異常』なのだ。

そういう環境だったので、半年前に父がいなくなっても、家族の誰も心配しなかった。そのうちひょっこり家に顔を出すだろう、という程度にしか考えていなかった。

「最後にお父さんと会ったときの様子を、教えてくれないかな」

おれの質問に、篤斗は虚空を見上げた。

「最後に……って言っても、いつもと同じです。バイトから帰ったら、リビングで映画を観てました」

「映画？」

茉百合が反応する。「お父さんは映画が好きだったの？」

「たぶん、普通の人よりは」

「どんな映画が？」

「僕はあまり興味がないので、よくわからないんだけど」

まさかそんなところに食いつくとは考えていなかったという感じで、篤斗が戸惑いがちに視線を泳がせる。

「そうは言ってもリビングで観てたんだから、ちょっとは目に入るでしょう」

「まあ。ちょっとは。でも、タイトルまではわかりません」

「ジャンルは？　アクションとか、恋愛ものとか、ＳＦとか」

茉百合があえてホラー映画と言わないのは、答えを誘導したくないからだろう。

「なんでも観てたと思います。洋画が中心みたいでしたけど」

「きみは洋画にはあまり興味がない？」

おれの質問に、篤斗は頷いた。

「洋画も邦画も興味ないです。芸能人とかもよく知らないし。だからわかりません。あ、でも」と、なにかを思い出したようだ。

「妹は映画とかけっこう好きですけど、父とは一緒に観たくないって言ってました。父がリビングで映画を観ているときには、リビングにも入りたくないって」

「それはどうしてかな」

思春期の娘が父に嫌悪感を抱いているのかと思ったが、違った。

「怖いの苦手だから……って。妹が言うには、父はホラー系の、しかもけっこうグロい描写がある映画を好んで観てたらしいです」

間違いない。

真鍋隆英は、今度ばかりは女の家に転がり込んでいるのではない。

〈ロメロ〉の餌食になった。おそらくもうこの世にはいない。

そんなことを実の息子に告げられるはずもなく、適当なところで話を切り上げた。

東白楽の駅が見えてくる。行きは徒歩の道のりが遠く感じたのに、不思議と帰りはそれほどでもない。

「このまま真っ直ぐ帰るのか」

おもむろに発した質問に、茉百合は首をかしげた。

「帰るよ。仕事もあるし、残り二人の住所の特定もやらないと」

三か月前に練馬の看護師・中尾敦美、半年前にいま話を聞いた真鍋篤斗の父・真鍋隆英。〈ロメロ〉の被害者も、写真の投稿もそれだけではない。真鍋隆英からさらに二か月前と、少し間が空いて一年前に、被害者の住まいと思われる写真が投稿されていた。茉百合はそれら二つも特定し、訪ねるつもりのようだ。

「実家、近いだろ。顔出さなくていいのか」

茉百合の頬が固まって、しまったと思う。

それなりに長い時間を過ごしているのに、彼女から家族の話を聞いたことがない。おれが質問しないからという理由もあるだろう。家族について質問すれば、自分の家族についても話さないといけない流れになる。妻子に逃げられた身には避けたいシチュエーションだ。

とはいえ、茉百合が家族の話をしないのは、おそらくそれだけではない。風俗で働くほど経済的に困っている状況で、実家から通学できる距離なのにわざわざアパートを借りて一人暮らししていることを考えても、なにか複雑な事情を抱えている。そしてその事情は、もしかしたらおれのところで働く理由にまでかかわっているかもしれない。

だから、やんわりと探りを入れたつもりだった。

やんわりになっていなかっただろうか。

取り繕おうと懸命に言葉を探していると、茉百合が鼻で笑った。

「遠くはないけど、顔出したくない。父親のこと嫌いだから」

「そうか。悪かった」

茉百合が自分を大事にできない背景は、やはり家庭環境にあるのかもしれない。

「いいけどね。大学の友達の中には、どうしてお父さんを大切にできないのって、お説教してくる子もいるし。自分が恵まれてると、そういうのも想像できないんだ。私だってやさしいパパなら大事にする。お説教してくる子のパパも酔っ払って叩いてくるっていうなら、話は別だけど」

衝撃を受けると同時に、妙に納得する部分があった。借金取りから扉越しに恫喝されてもまったく怯える様子がないし、いまどきの若い女にしては肝が据わりすぎている。彼女は暴力に慣れているのだ。

だから実家を出た。大学の学費も、自力で稼いでいたのかもしれない。

だとすれば、おれが彼女の裏アカを特定したのは……。

「悪かった」

それしか言葉が出てこない。

「だからいいってば。あんまり謝られると気まずいし」

悪かった、と口をつきそうになり、言葉を呑み込む。

「憐《あわ》れまれるのも居心地悪いし、普通に接してくれればいい。私にとって、父親はもう過去だから。大嫌いだけど、かかわらなければいいから」

父親はもう過去、という言葉に、心臓をきゅっとつかまれたような痛みが走る。

「訊いてもいいか」

「なに？」

「母親は？」

「いない。私が小五のころに、お姉ちゃん連れて出ていった。板橋《いたばし》で小さな会社を経営してる社長と結婚して、けっこういい暮らししてたみたい。ほとんど連絡とってなかったけど」

過去形になっている。疑問が顔に出ていたらしく、茉百合が説明する。

「二年前ぐらいに死んだの」

「そう……だったのか」

思っていた以上に重い荷物を背負っているようだ。そりゃ生きるためにしたたかにもなるか。

気まずい空気を変えようとするかのように、茉百合が言う。

「ご飯でも食べて帰ろうか」

「あ、ああ」

「社長のおごりで」

「マジか。金ないぞ」

「知ってる。だから、あそこでいいよ」

茉百合が歩き出した先には、大手牛丼チェーン店があった。サイゼリヤぐらいご馳走してやるのに。


事務所兼おれの住居でしばらく仕事をしていた茉百合は、午後六時過ぎに帰った。そのタイミングを見計らうように、華世から電話がかかってきた。

「もしもし」

『いったいどういう心境の変化?』

判をついた離婚届を発送したのでよろしく。横浜から戻る途中で、そうLINEしていたのだった。

「ようやく気持ちの整理がついた、というところかな」

たぶん華世の気持ちは、別居するずっと前から緩やかに離れ始めていた。けれど、おれにとって、華世と麗華が出ていったのは青天の霹靂《へきれき》だった。なにがあっても傍にいてくれるものだと、根拠なく信じ込んでいた。お互いにとって、傍にいるのが当然の存在だと思っていた。とんだ思い上がりだった。支えを必要としているのはおれだけで、おれ自身は妻の、娘の支えになっていなかった。彼女たちに必要とされる人間になるべきだし、なろうとする姿勢を見せるべきだった。

おれは甘えていた。見限られて当然だ。わかっていたのに、彼女たちを解放してやることができなかった。一年も待たせて、妻に新たな恋人ができても、なお踏ん切りがつけられないでいた。

だからこれはむしろ、良いきっかけかもしれない。真鍋隆英が行方不明になっている事実が判明し、おれの中で〈ロメロ〉による連続殺人の疑いが確固たるものとなった。あの鍵アカに投稿された写真の建物に住む人間が、一人は殺害され、二人は行方がわからなくなっている。ここに至ってただの偶然だと考えられるほど、おれの頭もおめでたくはない。

〈ロメロ〉は人違いでジョンというホステスを拉致した。そしておれは〈サヤカ〉のアカウントを通じて人違いを指摘し、挑発した。

近い将来、〈ロメロ〉はおれの命を狙ってくる。

家族のままでいたら危険だ。華世と麗華を守るために、いまのうちに他人になっておく必要がある。

『なにそれ、気味が悪いんだけど』

「気味がよかろうが悪かろうが、これがきみの望みだ」

『そうだけど』

「それとも本心では、いつかやり直せると期待していたのか」

『それはない』と食い気味に否定された。そりゃそうだ。華世は愛情をためすためにそんな面倒なプロセスは踏まない。率直で賢い女だ。

「麗華はどうしてる」

『いまはピアノのレッスン』

「ピアノをやってるのか」

『そう。言わなかったっけ』

「聞いていない」

『前から習いたいって言ってたじゃない』

記憶にない。その気持ちが沈黙を通して伝わり、華世が長いため息をついた。

『ちゃんと聞いてなかったから覚えてないんでしょう。何度も言ってたわよ。そのたびにお金がないって言って、まともに話も聞かなかった』

その夫、その父親はクソ野郎だと、他人事《ひとごと》として話を聞けば、おれも思っただろう。そのクソ野郎が自分のことなのだから、妻子に逃げられても文句は言えない。

「月謝だけでも、おれが払おうか」

脳裏には茉百合のことが浮かんでいた。彼女は屑親から逃れるために一人暮らしを始めたものの、生活のために風俗でのアルバイトを余儀なくされた。八歳の麗華にそんな選択肢はありえないが、できる限りのことをしておいてあげたい。

『なに言ってるの。まず養育費すら払えないくせに』

ぐさりと心臓をひと突きにされた。

「そう……なんだが、だからせめて習い事の月謝だけでも」

『いい』

「いい、というのは肯定にも否定にもなるいかにも日本語らしい言葉だが、今回は前者と受け取っていいのか」

『後者よ。決まってるじゃない。払わなくていい』

「どうしてだ。せめて父親らしいことを……」

おれが言葉を切ったのは、脳裏に異様に歯が白い胡散臭い男の笑顔が浮かんだからだった。

「やつが出してるのか」

『やつって誰』

「大場だよ。大場宗幸」

『なんで彼のフルネームを知ってるの。私、教えてないわよね』

質問されてぎくりとなる。

「け、検索したんだ。江東区の大場病院。ホームページに載ってた」

『プロだものね。仕事だけじゃなくて、プライベートでもそうやってこそこそ嗅ぎ回るんだ』

軽蔑を含んだ口調に、カチンときた。

「悪いか。気になるじゃないか。麗華の父親になるかもしれない男だぞ」

『で、どうだったの』

絶句した。大場宗幸はパパ活に精を出しているなんて、言えるわけがない。

だが華世はおれの沈黙を違うふうに解釈したようだ。

『ほらね。なにも出てこなかったでしょ。両親に大事に育てられてきたお坊ちゃんなんだから、なにも出てくるはずがない。私たちとは住む世界が違うの。叩いたって埃《ほこり》は出ない』

「『私たち』と言ったが、きみも大場とは別世界の人間だってことか」

虚を突かれたような沈黙を挟んだ華世の声は、開き直ったような響きを帯びていた。

『そうよ。彼は私たちにこれまでと違う世界を見せてくれる。そこが魅力なの』

どことなく露悪的な口調に聞こえるが、悪ぶる必要はない。経済力だって立派な魅力の一つだ。

「でも――」

でも、彼はSNSを通じて若い女を漁っている。勢い任せに吐き出しそうな言葉を、ぐっと呑み込んだ。少なくとも感情的に伝えることではない。華世をより深く傷つける結果になる。

『でも、なに？　思ってることがあるならはっきり言って』

「違う世界を見せてもらえるからといって、違う世界の住人になれるわけじゃない」

『たしかに私はね。もう遅い。身体に染みついた貧乏根性は、たぶん一生抜けない。でも麗華は違う。違う世界に馴染んで、適応できる』

もしかしたら――おれは直感した。

華世は大場の裏の顔に気づいているのだろうか。さすがにパパ活をしていることまでは知らないだろうが、恵まれた環境で育った苦労知らずのお坊ちゃんが、印象通りの清廉な人間でないことは察している。大場の黒い部分に薄々気づいていながら、娘のためにすべてを呑み込もうとしている。

だとしたら、なにも言うことはない。

「たしかにそうだ。きみの言う通り」

おれがあっさりと引き下がったことで、華世は拍子抜けしたようだった。

『とにかく離婚届ありがとう』

「ああ」

『受け取ったら連絡する』

通話が切れた。

全身から力が抜け、すとん、とベッドに腰をおろした。そのまま仰向けに倒れ込む。入籍から十年、別居してからも一年粘ったにしては、あまりに呆気《あっけ》ない幕切れだった。

これでよかった。

おれにはもう、家族はいない。守るべき存在はない。華世と麗華のことは、医師で御曹司の大場が守ってくれる。パパ活のことはひとまず目を瞑っておいてやる。だが華世と麗華を泣かせるような真似をしたらただじゃおかない。

手探りでパッケージを探り当て、マルボロを口に咥えた。

「大場……」

だとすると麗華は潮崎麗華から大場麗華になり、華世は……。

「嘘だろ」

口から煙草を落としてしまう。

大場華世。オオバカヨ。大馬鹿よ。

それが元妻の新しい名前だというのか。

翌日、おれと茉百合が向かったのは国分寺《こくぶんじ》だった。

残る被害者候補は二人。真鍋隆英邸のある横浜の住宅街の写真の投稿からさかのぼること二か月前と、さらにそこから一年前に、どこかの街を撮影した写真が投稿されている。そのうちの新しいほうが国分寺駅から徒歩十五分ほどの場所であると、茉百合が突き止めたのだった。前日に退勤する時点では判明していなかったはずなので、帰宅後も自宅で仕事をしていたことになる。茉百合の目の下にうっすらと隈《くま》が浮いているように感じるのは、気のせいではないだろう。いったいなにが彼女をかき立てるのか。

例のごとく〈ロメロ〉の写真と実際の風景を照合しながら進み、全体がベージュに塗られたアパートの前に到着した。

一階と二階に二つずつ部屋がある。問題は〈ロメロ〉の標的となった人物がどの部屋の住人かだ。集合住宅ゆえにそこがネックだと思っていたが、意外に早く正解に辿り着けそうだった。

一部屋空いていたのだ。一階部分の道路から入って奥にある扉のノブに、ビニール袋に入った電気の使用申込書がぶら下がっている。外観から判断するに単身者向けの間取りだろうから、住人が姿をくらませた結果、家賃の支払いが滞って解約になったのではないか。

建物の壁には、入居者を募る不動産仲介業者の看板が取り付けてある。そこに記載された電話番号にかけようとしたら、隣の一戸建てから白髪のご婦人が近づいてきた。手にはホウキとちりとりを持っている。

「この建物の大家さんですか」

おれが声をかけると、ご婦人はあっさりと認めた。

「そうですけど」

「一階の奥は、空室ですか」

「ええ。中を見ます？」

入居希望と誤解されたようだ。どんなに良い物件でも契約するつもりはないので申し訳ないが、渡りに船だ。

「お願いします」

ご婦人は目尻に嬉しそうな皺を寄せ、自宅に引き返した。五分ほどして鍵を持って戻ってくる。

部屋の間取りは1LDKだった。

「部屋数はないけど、子どもが出来るまではじゅうぶんじゃないかしら」

ご婦人はおれたちを夫婦だと勘違いしているようだ。

「二人入居は問題ないんですか」

「かまいませんよ。近所迷惑にさえならなければ」

下ネタか？　考えすぎか。

「ほかの部屋も、二人で住んでるんですか」

扉を開けてバスルームを覗き込みながら、茉百合が言う。

「いいえ。ほかの部屋はみなさん単身入居です」

やはり基本的には単身者向けの物件のようだ。

「すごく良い部屋ですね。駅からもそんなに離れていないし」

おれの言葉に、ご婦人が揉《も》み手をしながら目尻の皺を深くする。

「自転車置き場もあるから、自転車を使えば駅まで五分ちょっとです。スーパーとかコンビニもあるし、生活しやすいですす」

バスルームやトイレを覗いていた茉百合が、おれの隣に並んだ。

「お風呂も広くてすごく綺麗。でもなんだか、少しだけ悪い『気』が溜《た》まっているみたい」

ご婦人の朗らかな笑みが、わずかに歪む。

おれは茉百合のパスを受け、ご婦人に告げた。

「妻は霊感があるんです」

「そうなんですか」

ご婦人はぎこちなく頷いた。

「もしかしたら、ですけど、前の住人の方がこの部屋で亡くなったりは?」

「とんでもない」

首がもげるほどの勢いで否定された。

「そんなことはありません。もしも事故物件だったら告知義務がありますから」

「そうですか」と茉百合は神妙な顔で頷く。

「じゃあなんだろう。この悪い『気』は。ここに住んでいた人に、なにかしらよくないことが起こったのは間違いないんだけど」

「い、いなくなったんです」

ご婦人の言葉を、茉百合が繰り返す。

「いなくなった？」

「はい。すごく感じの良い、勤め先もきちんとした男の子だったんだけど、急にいなくなっちゃったんです」

　ご婦人の話によれば、この部屋の前の住人が消えたのは、やはり八か月ほど前。連絡がとれなくなったのを心配した母親が上京し、発覚したという。警察に相談し、行方不明者届を出そうとしたが、翌月の家賃が振り込まれたため、事件性はないと判断されたようだ。だが振り込まれた家賃は一か月のみで、その後は支払いが滞ったため、契約解除に至った。その後住人の家族によってふたたび行方不明者届が出されたようだが、詳細はわからないと言う。

「あの大家、本当に霊能者に相談するかな」

　帰りのJR中央線に揺られながら、両手を合わせるご婦人の様子を思い出していた。

「するんじゃないの。私の話をすっかり信じてたみたいだし。私を拝んでもしょうがないっていうのに」

　茉百合はパーカーのポケットに両手を突っ込み、迷惑そうに肩を上下させる。

　車内は空《す》いていた。おれと茉百合はロングシートに並んで腰かけ、心地よい揺れに身を任せている。

　あのご婦人は、茉百合に霊感があるとすっかり信じたようだ。前の住人がイレギュラーな退去の仕方だったと見抜かれたのだから当然かもしれない。あらかじめ知っていることをさもいま見抜いたように振る舞う、いわゆるコールドリーディングという詐欺師の技術だ。人が騙される様子を間近で観察できたのは興味深い体験ではあったが、真っ青になるご婦人が少し気の毒だった。

せめてご婦人の相談する霊能者が悪徳でないことを祈ろう。

「行方不明になった後も、一か月ぶん家賃が振り込まれたというのは〈ロメロ〉の偽装工作だろうか」

「たぶんそうじゃないかな。あのアパートのほかの入居者でここ一年でいなくなった人はいないって言ってたし、〈ロメロ〉の標的は渡辺《わたなべ》で間違いない」

渡辺というのが、忽然と姿を消したあの部屋の住人だった。

渡辺忠史《ただし》、二十五歳。立川《たちかわ》にある地銀の支店に勤務。

行方不明になっても家賃の振り込みがあれば、警察も自主的な失踪だと判断する。行方不明者届が受理されても、まともに捜索してもらえるとは思えない。〈ロメロ〉による殺人の隠蔽工作は、思っていた以上に周到かもしれない。

「中尾敦美の遺体が発見されたのは、本当に運がよかったんだ」

対面を流れる車窓を眺めながら、茉百合がしみじみと呟く。

運がよかったのか悪かったのか、もしくは『運』などという単語を用いるのが適切かはわからないが、言いたいことはわかる。ジヨンは友人の家を泊まり歩いて何日も帰宅しないのが珍しくなかったし、真鍋隆英は浮気性で家族に愛想を尽かされていた。そして渡辺忠史は失踪後の家賃一か月ぶんが振り込まれている。

「残る被害者候補の住所は特定できそうか」

この期に及んで茉百合に頼りきりというのも不甲斐《ふがい》ないが、おれなんかより数倍仕事が早いのだからしかたない。

「まだ」と彼女はかぶりを振り、しばらく一点を見つめた後でこちらを向いた。

「考えたんだけど、ここからはまだ〈ロメロ〉に狙われていない三人を調べたほうがいいかなって」

〈ロメロ〉の相互フォローは八人。そのうち最近でも呟いているアクティブユーザーは三人いる。〈ロメロ〉のフォロワーでは〈サヤカ〉ことジヨンがもっとも新顔であることを考えれば、なぜか〈ロメロ〉の標的にならなかった、言い換えれば『生き残っている』者たちだと言える。

「一理あるな。更新の止まった残り一人は未調査だが、ほかはすべて行方不明になったり、殺されている」

残る一人を調べなくとも、彼ら彼女らがなんらかの事件に巻き込まれていることに、疑いの余地はない。

茉百合が頷く。

「〈ロメロ〉が自分の鍵アカにフォロー申請してきた相手を標的にしているのは、ほぼ間違いない。ただ、標的になったであろう人たちを特定したはいいものの、共通点がぜんぜん見えないし、〈ロメロ〉につながる手がかりみたいなものが見えてこない。だったら、アクティブなフォロワーのほうを調べたほうがいいのかな……って」

「調べてどうする。接触するのか」

うーん、と茉百合が顔をしかめた。

「わかんない。場合によっては、その必要があるのかも。後回しにされているだけで、次の標的にされるかもしれないし」

「それはそうだが、いきなり現れたやつが、あなたは裏アカの相互フォロワーから命を狙われていますなんて警告したところで、信じないだろう」

「でもほかに方法がない。社長、なにか良いアイデアないの」

「一人ならともかく、三人いるわけだからな。次に狙われるのが誰かも予想できないし」

「そこが問題だよね」

二人で善後策を話し合いながら、本当に気になっているのはこのことじゃないと、おれは思っていた。

知りたいのは、ジヨンの安否だ。ソユンから依頼を受け、すでに三日が経過している。その時点で丸二日帰っていないという話だったので、行方不明になってからは五日。〈ロメロ〉にDMを送ってからは二日。依然返信はない。

中尾敦美が行方不明から三日後に遺体で発見されたのを考えると、ジヨンの生存は絶望的だ。その事実を口にしたとたん、現実の重さに打ちのめされる気がして、怖かった。だから最悪の想定から逃れようと、懸命に話題を逸らしている。

たぶん、茉百合も同じだと思う。

〈ミキ〉からのDMが届いたのは、その日の夜遅くだった。

〈ミキ〉はおれのネトカノの一人だ。品川区在住の二十歳フリーターで、五反田《ごたんだ》のカラオケボックスでアルバイトをしている。自己申告なのでどこまで本当かわからないが、設定を盛るならもっとスペックを高くするだろうから、たぶん嘘はついていない。

ネトカノからの連絡は久しぶりな気がしたが、実際には四日しか空いていなかった。

このところいろんなことが起こりすぎた。これまでは自宅とコンビニとパチンコ店を結ぶトライアングル内でしか動いていなかったのが、毎日のように遠出するようになった。とくにソユンの依頼から事態がきな臭さを増してきたため、ネトカノたちへのメールの返信が後回しになっていた。

——いまバイト上がり。疲れたー。

なんということのない、さらりとした日常の報告。おれから連絡がないのでやきもきしていたが、変にねっとりしたメールだとうざがられて余計に避けられるおそれがあるので、こういう文面に落ち着いた、というところか。

訂正。〈ミキ〉はおれからのDMを待っていたのではない。

二十五歳青年社長〈KENTA〉からの連絡を心待ちにしていたのだ。三十代半ば、バツイチになったばかりのくたびれたおっさんじゃない。

とはいえ、〈KENTA〉の中の人はおれだ。写真だってほぼ別人とはいえ、おれの顔を素材に加工したものだ。

それに〈ミキ〉だって、実際には二十歳フリーターではなく、四十二歳専業主婦かもしれない。それどころか、女ですらないかもしれない。アプリを使えば性別すら変更できる時代だ。

そうだとしても、おれは怒らない。ネットではなりたい自分になれる。現実を知らなければ、知ろうとしなければ、それはリアルだ。キープ中のネトカノたちは基本的におれの正体を探ろうとしない。会おうと言い出さない女だけが残った。それはおそらく、自分自身がなにかしら偽っているからだ。

——お疲れ。

〈ミキ〉に返信すると即レスがあった。

――よかった！　生きてた！

思わずにやけてしまう。よほどおれからの連絡を待ちわびていたんだな。かわいいやつ。

――死なねーよ。仕事が忙しくて連絡できなかった。ごめん。

――へーき。ミキはいい子だから。

――いい子いい子してあげる。

――わーい。頭撫《な》でて。

――よしよし。

我ながらキモいなと、メッセージを入力しながら思う。

仕事とはいえ、素性も知れない若い女とＳＮＳのＤＭでいちゃつくなんて、そりゃ嫁にも逃げられるわ。

ただ、すでに家庭を失ったおれは無敵の人だ。キモいのはわかっていても、誰かに心の隙間を埋めてほしい。どんなかたちであれ、誰かに必要とされたい。

今晩は彼女が寝落ちするまで付き合ってやろう。

おれはベッドの側面を背もたれにして座り、マルボロに火を点ける。

――ＫＥＮＴＡに頭撫でてもらって元気出た！

――おれもミキとＤＭできて元気になった。

――じゃあもっと連絡してよね。

――これから気をつける。

――あまりほったらかしてると、浮気しちゃうぞ。

「勘弁してくれよ」

ふふっ、と紫煙と一緒に笑みが漏れる。

あくまで「ごっこ」遊びで、彼女にたいして恋愛感情はない。それでもガキのころの甘い恋愛感情を思い出して、なんだかくすぐったい。華世と付き合い出したころを思い出す。あのころは寝不足になるのもかまわず、朝方まで電話で話したものだ。

――ごめん。

入力した文章を送信しようとしたとき、ミキのほうからＤＭが届いた。

――ＫＥＮＴＡ、これから会わない？

送信を示す紙飛行機のアイコンに触れかけていた、親指の動きが止まる。

送られてきた文面を読み返しながら、ミキの真意をはかった。

おれたちはネット上だけの疑似恋愛だ。最初から互いに留意した上でネトカレ、ネトカノの関係を結んだ。液晶画面越しのたんなる「ごっこ」遊びで、だからこそ互いの幻想を壊さずに済む。理想の恋人を心置きなく演じられる。

「まずいかもな。本気になっちまったか」

かさつく唇の感触を親指でたしかめながら、独りごちる。

ネット恋愛が本物の恋愛感情に変わり、会いたいと言い出す女がたまにいる。会ったところで写真とは別人のおっさんが現れるだけなので会ってやってもいいのだが、画面越しとはいえ交際した女を幻滅させるのは忍びない。向こうが本気になったら、引き際だ。

だが、まだわからない。冗談を言っただけかもしれない。

――かまわないよ。ちょうどいま、ミキの家の前にいるんだ。

こちらも冗談で返して、様子を見てみる。

すぐに返信があった。

――本気で言ってるんだけど。

盛大なため息が漏れる。本当に残念だ。

――ミキ、リアルでは会わない。付き合う前に約束しただろ？

――でもでも、会いたくなったの。どうしてもダメ？

――ダメだ。会えない。

いったんＤＭを送信し、おれはすぐさま追加で文章を入力した。

――もう別れよう。

おれはスマホを充電器につなぎ、画面を伏せて床の上に置いた。
スマホが振動する。内容は確認しない。
ネトカノに癒やしてもらおうと思っていたが、結局自己嫌悪を深めるだけだった。

しまった。

扉を開くと、眉の薄いパンチパーマの男が立っていた。ニカッと歯を見せる表情は笑っているようだが、たぶん金歯を見せつけたいだけだ。歯も金、ネックレスも指輪も金。こういう人種はどうしてこうも金が好きなのだろう。

「潮崎ちゃん。久しぶり」

「お久しぶりです。公文さん」

おれにとっては久しぶりではない。在宅時に訪ねてきたときには居留守でやり過ごしたし、出先から帰ってきたときに部屋の前に公文がいるのを見つけたときには、彼が諦めて帰るまで辛抱強く待った。

「こういうことだったのか」

「どういうことでしょう」

公文が扉をノックするような動きをした。度重なるトライ&エラーの結果、チャイムを鳴らした訪問者には、おれはけっしてドアを開けないという法則を発見したようだ。

「やっと会えた」

「どこかの小説家が女優を口説くときに言ったのと同じ台詞《せりふ》ですね」

「恋愛感情はないけど、口説くって意味じゃ同じかもな。おれはあんたから愛じゃなくて金を引き出したい」

「件《くだん》の小説家と女優の夫婦は、離婚に至ったのをご存じですか」

「知ってる。おれはミポリンの大ファンだった」

ということは四十代だろうか。てっきりおれと同じくらいだと思っていた。

「ご愁傷さまです」

にっこり笑って扉を閉めようとした。

が、当然ながらそう簡単には終わらない。公文に扉をつかまれた。

「勘弁してくれよ。何度足を運ばせる気だ」

「そう言われてもいま持ち合わせがありません。明日なら大丈夫なので、出直していただけますか」

「信用できない。信頼っていうのは、実績の積み重ねだ。潮崎ちゃんには実績がない。あるとすれば、返済日をすっぽかされた負の実績だ」

「ですがないものはないんです。何度も来ていただくのは申し訳ないので、今後は事前に連絡をください。自宅にいるようにします――」

視界で火花が弾けた。

目の前には煤けた天井がある。おれは仰向けに倒れ込んでいた。油断していた。公文は笑顔で会話している最中でも、突如暴力を振るうのだ。

腹に圧力を感じて、胃の中の空気が口から漏れる。公文がおれに馬乗りになったのだった。金歯を見せつけながら胸ぐらをつかんでくる。

「なに開き直ってんだ、潮崎ちゃん。調子こいてんじゃねえぞ」

「お、重いです。苦しい」

「苦しさは生きてる証拠だよ。死んじまったらそんな感覚すら味わえない」

「そんなことをしなくても、生きている自覚はあります」

「借金してる自覚は？」

「もちろん」

「なら金返せよ。おれだって好きでこの部屋を訪ねてるわけじゃない。仕事なんだ」

「いやなことを続けるのは精神衛生上よくない。転職の相談なら乗り――」

ふたたび火花が弾ける。口の中にぬるっとした感触が流れ込んできた。しょっぱい。

鼻から出血したようだ。

涙で滲《にじ》んだ視界の中で、大仏のような頭のシルエットがうごめいている。

「なんで多重債務から逃げ回ってるやつに、おれが転職の相談をする」

「ちょうどうちも業務拡大を考えていたので、人手が――」

もう火花は弾けない。衝撃だけだった。

「潮崎ちゃん。冗談は顔だけにしといてくれ。ビジネスにハッタリが必要なのは理解してるが、債権者にそのハッタリは通用しない。負債がかさんでるのに業務拡大もないだろうよ。首、回ってないじゃない。むち打ちかってぐらい、ガチガチに首が固まっちゃってるだろう」

前から思っていたが、この男には独特のワードセンスがある。道を誤らなければトップセールスマンかお笑い芸人にでもなれたんじゃないか。

「おう、ひょ、ふ、ふぁん、はい……」

「暴力反対」と言ったつもりだが、口の中に血液と唾液がたまっていて、上手く発音できない。

だが公文には伝わった。

「おれだって暴力反対だよ。平和主義だ」

他人に馬乗りになってこぶしを振るうパンチパーマの男に、もっとも似つかわしくない台詞だ。

「ただ罰は必要だ。愛のムチってやつ」

胸ぐらをつかまれ、強引に上体を起こされた。重力に従った鼻血がボトボトとシャツに落ちる。かなり汚れてしまったが重曹で落ちるだろうか。そういえば重曹、まだあったっけ。朦朧《もうろう》としたせいでどうでもいいことが頭をよぎる。これも一種の現実逃避だろう。

「おれは殴ってないよな。つまずいたあんたがおれのこぶしにぶつかってきて、勝手にすっころんで鼻血を出したんだ」

どこの世界にそんな説明を信じるやつがいるか。

思ったが、おれはこくりこくりと頷いた。これ以上殴られないためなら、天動説だって支持してやる。

「転んだのか。大丈夫かよ。血が出てるぜ」

公文が両手でおれの頬を挟む。

「とりあえず腎臓、売っとくか。な」

かぶりを振ろうとしたが、両手で頬を挟まれて動かない。

「大丈夫。腎臓は二つあるから。一個取っても死にやしない」

そのときだった。

「なにしてるの」

公文の背後から、茉百合の声がした。

振り返った公文が、こいつ誰、という顔でおれを見る。おれの口はもはや言うことを聞かない。自分の身体じゃないみたいに、意味のない音を発するだけだった。

「ここのアルバイトの灰原です」

「アルバイト？」

心から愉快そうな公文の口調だった。「潮崎ちゃん。アルバイトなんか雇ってるの？　バイト代なんか払えないでしょ」

「どちらさまですか」

公文が腰を浮かせる。腹に感じていた圧力がなくなった。

「ニッコリ金融の公文です。債権の回収に参りました……でも、ちょっと難しいみたいなので、よければあなたの身体でも――」

なめ回すような視線を向ける借金取りの横を通過して、茉百合が近づいてくる。心配して様子を見に来たのかと思いきや、彼女はハンドバッグから封筒を差し出した。

「社長。指示通りに銀行で預金をおろしてきました。これで債権者に支払うんでしたよね」

「なに？」

公文が眉を歪める。

おれはぼやけた視界に浮かび上がる茶封筒を、何度かの空振りの末につかんだ。その瞬間、手応えに驚く。封筒が分厚く見えたのは気のせいではなかった。

いったい、どういう……。

混乱するおれの顔を、急に心配そうな顔になった茉百合が撫でる。

「どうしたんですか、こんなに血だらけになって。もしかしたら殴られたんですか。この金融業者に？　返済金は用意してたのに？」

茉百合の視線を受けた公文は、リアクションに困った様子で自分の太腿《ふともも》のあたりを手で擦《さす》っていた。

「すまなかった」

おれは煤けた天井を見上げながらマルボロを口に咥えた。

が、すぐに茉百合に取り上げられてしまう。

「こんなときにまで煙草吸おうとしないで。火事になる」

寝たばこには慣れているから大丈夫、とはさすがに言わなかった。

茉百合の持ってきた封筒には、たぶん五十万近い金が入っていた。公文はおれの手から封筒を奪い、律儀に先月の返済ぶんだけを抜き取ると「用意してたんなら先に言ってくれ」とあくまでおれに責任転嫁する台詞を残して去っていった。

いまおれはベッドで横になり、茉百合はいつも通りに座卓に向かってノートＰＣを開いている。

「あの金。デリヘルの給料か」

「それを知ってどうするの。知ったら社長の罪悪感が増すだけだと思うけど。アルバイトの若い女が身体を売って稼いできた金を、自分の借金返済に充てたなんて」

「おれは屑だな」

「知ってる。屑の中の屑」

「なんでおれを助けた」

カチッ、カチッ、とマウスをクリックする音が聞こえる。

「目の前で人に死なれちゃ困るでしょ。いや、実際に困りはしないんだけど、寝覚めが悪い」

「公文はおれを殺しはしない。殺したら、借金が回収できなくなるからな」

「生かしておいても回収できる見込みがないんだから、その理屈は通用しない」

「それもそうだな」

噴き出した拍子に、血のかたまりが鼻から飛び出した。どろり、と嫌な感触がして、口の中に血の味が広がる。

「全部でいくらあるの」

きみには関係ない、とはもはや言えない。窮地を救ってもらった恩がある。

「一千八百万」

冷たい目でおれを見つめていた茉百合が、鼻で笑う。

「なにがおかしい」

「そんなもんかと思って。借金のスケールも小さい」

「小さくはない」

「小さくないと言っちゃうところが小さい。億単位かと思ってた」

「そんなに借りられない」

だからスケールが小さい。わかってる。

「金は、必ず返す」

「そんなことだから奥さんに逃げられる」

意味がわからずに、横目で茉百合の背中を見る。

彼女はしばらくディスプレイに向かい、マウスを操作した後で、ちらりとこちらを振り向いた。

「守れない約束、するから」

「なら返さない」

「そういうことじゃない」

あきれたように鼻を鳴らされた。

じゃあどういうことなんだ。なんと答えるのが正解なんだ。思ったが、ひと回り以上も年下の女に教えを乞うわけにもいかない。自分で考えろと、茉百合の背中が語っていた。

「なあ」

「なに」

「どうしてデリヘルで働く」

マウスを動かす手の動きが止まった。茉百合が振り返る。

「そういうの、偏見ある人なの」

まったくない人間なんかいるのだろうか。妻や恋人や娘がそういう仕事をしたいと言って、抵抗を感じない男が。

「別に」やはりおれは嘘つきだ。茉百合に軽蔑されるのが怖くて、内心とは反対の回答を口にした。

「嘘つき」

そして結局嘘を見破られる。

「麗華がそういうところで働きたいと言い出したら反対する」

「麗華ちゃんって、娘さんだっけ?」

「ああ」

「いくつ?」

「八歳」

「そっか。そういう心配はまだ先だね」

茉百合はディスプレイに視線を向けたまま、マウスを操作し続けた。

「あれ、どうしたの」

「あれ？」

「パパ活男」

大場のことを言っているらしい。

「どうもしない」

「なんで？」

茉百合が振り返る。

「華世がせっかくつかんだ幸せを壊せない」

しらけた様子で鼻を鳴らされた。

「パパ活男とくっつくのが幸せなの」

「経済的に困窮することはない」

「そりゃそうかもしれないけど、幸せってそれだけじゃないでしょう」

「きみがそんなことを言うとは、意外だな」

言い終えてから、そうでもないかと思い直す。最初の印象では、欲しいものを手に入れるために手段を選ばない徹底した合理主義者だった。だがもしそうなら、彼女はここに留まっていない。おれの借金を立て替えたりもしない。

「社長に奥さんと子どもを幸せにできるかはわからないけど、パパ活男だけはぜったいダメだと思うけど」

「そうだろうか」

「当たり前じゃない。なにが、そうだろうか……だよ。子どもに性欲を向けるなんてキモすぎる」

「子どもっていうほどの年齢差でもない」

「四十のおやじなんだから、二十代の女は子どもみたいなものだよ」

なかなか手厳しい。

それに、と茉百合が唇を曲げる。

「無理だと思う」

「なにが」

「物わかりのいい男を演じようとしてるみたいだけど、未練たらたらじゃない。ネトカノのログインパスワード、麗華ちゃんの誕生日でしょう」

「よくわかったな」

「わかるよ。八桁の数字で、頭四桁が八年前の西暦なんだから。じゃあもう一個、別のアカウントのパスワードは、奥さんの誕生日か」

匢アカを作るときに浮かんだ文字列が、その二つしかなかった。

「もしかして〈ＫＥＮＴＡ〉のパスワードも、そのどっちかなの？」

「まあ……な」

「ダメじゃない」

やれやれという感じに、肩をすくめられた。

「奥さんからしたら究極の選択だよね。愛情豊かだけど生活力ゼロのダメ男か、パパ活するけど金と地位はある屑男か。私なら、どっちもお断りかな」

ところで、と話題が唐突に方向転換する。

「〈ロメロ〉のフォロワーでアクティブな三人のうち、一人の表アカウントを突き止めた」

「本当か」

茉百合がこちらを振り返りながら、軽く身体をかたむける。ノートＰＣの画面を見ろということらしい。

おれは鼻の下に触れて血が止まっているのを確認し、ベッドからおりた。

〈はるにゃん＠残業中〉という名前のアカウントだった。アイコンにはアニメタッチで描かれたピンク色の髪の毛の女の子。

「これがそうなのか」

「〈ロメロ〉のフォロワーに〈KILLER〉っていうのがいるんだけど、それの表アカだと思う」

「〈はるにゃん〉の裏アカが〈KILLER〉か。えらい二面性だな」

「裏だからね」

茉百合が肩をすくめ、アカウント特定の根拠を述べる。

「アカウント名やIDにかぶりはないけど、表と裏で一枚だけ同じ写真が投稿されていた。映画の半券を持った手を撮影した写真だけど。画像検索したら引っかかった。他人のを無断転用するほどの写真じゃないから、同一人物のアカウントと考えて間違いない」

半券を持った手を撮影して、この映画を観に来ましたとか観てきましたというコメントを添えるやつか。よく見かける。

茉百合は〈はるにゃん@残業中〉のタイムラインをスクロールさせた。

「投稿を見る限り、〈はるにゃん〉は男性で、渋谷のアプリ開発会社にプログラマーとして勤務してる」

「どうする。接触するのか」

勤務先までわかったら個人の特定は可能だ。その先が浮かばない。あなたが裏アカでフォローしている〈ロメロ〉は殺人鬼で、これまでに何人も殺しています。次はあなたが標的になるかもしれないと伝えても、すんなり信じてもらえるとは思えない。逆に、裏アカから個人を特定して訪ねてきたおれたちのほうが怪しまれる。

そのとき、おれのスマホが振動した。

「どうしたの？　っていうか、さっきから何度も鳴ってるけど」

「なんでもない」

「なんでもないことないんじゃないの」

「きみには関係ないことだ」

「感じ悪っ」

茉百合の気分を害してしまったようだが、若いネトカノに泣きつかれているなんて、みっともなくて言えない。

――ごめんなさい。もう変なこと言わないから。

――おーい！　ＫＥＮＴＡくん？　スタンプだけでもちょうだい。

――いろいろ考えたけど、やっぱり別れたくない！

――会いたいとか、ぜったいに言わないから！

一方的に別れを告げられたのに納得いかないらしく、〈ミキ〉から頻繁にＤＭが届いていた。会ったこともない相手に執着する心理は理解しがたいと思ったが、そういえばおれもガキのころは、自分の部屋に広末涼子《ひろすえりょうこ》のポスターを貼っていた。会ってなくても想いは募るし、実物を知らないからこそ過剰に美化してしまうのかもしれない。すまない、〈ミキ〉。〈KENTA〉というイケメン青年社長は実在しないし、中の人は多重債務で妻子に逃げられた、みじめなおっさんだ。きみも実際にはおばさんかもしれないし、あるいはおっさんかもしれないが。会いたいと言っているのだから、そんなことはないか。自分を偽っていたのは、おれだけのようだ。

こんな男のことはさっさと忘れたほうがいい。おれは〈ミキ〉からのDMをブロックした。一方的に別れを告げた後でブロックだなんて最低な行動だが、最低だと幻滅するぐらいが気持ちの切り替えもしやすいだろう。

茉百合がノートPCを閉じ、立ち上がる。

「どこに行く」

「渋谷。〈はるにゃん〉に接触するかは別にして、ひとまず個人特定のために情報収集してくる」

「おれも――」

腰を浮かせようとするおれに、茉百合は手の平を向けた。

「いいよ。今日は私一人で行くから」

「身体なら平気だ」

殴られたのは顔だけだし、鼻血も止まった。目の奥に痛みがうずいているが、動けないほどではない。

「こっちが平気じゃない。そんな顔連れて歩いたら目立ってしょうがない」

手近に鏡がないので、バスルームの扉を開いた。

水垢《みずあか》だらけの薄ぼんやりとした像だけでも、目の周辺に異状があるのが一見してわかる。

左目の周囲がどす黒く腫れ上がり、右の白目は真っ赤に充血している。そして右目の付け根のあたりには、ざっくりと生々しい切り傷があった。たしかにこの顔でうろついたら目を引く。

おれはおとなしく留守番をすることにした。


やけに静かだ。

茉百合一人いないだけでこんなにも違うものか。いつの間にか、おれの中で彼女の存在が大きくなっていたのかもしれない。

と思ってセンチな気分になりかけたが、よくよく考えると隣室からの喘ぎ声が聞こえないだけだった。物理的に静かなのだ。いつの間にか近所迷惑な爺さんのAV鑑賞音声を、身体が欲していたなんて癪《しゃく》だが。

聞こえないことに気づいたら、静寂が浮かび上がってくる。

爺さん、大丈夫か。孤独死してやしないか。

ベッドにのぼって壁に耳をあてた。なにも聞こえない。心配になって、こぶしで壁を殴ってみる。

「地震⁉」

爺さんの寝ぼけた声がした。驚かせて悪いが、ほっとした。死んではいない。

って、独り身の爺さんの部屋の音を盗み聴きするなんて、なにやってるんだ。本格的に出歯亀根性が染みついてしまったのかもしれない。

ノートPCを開き、〈サヤカ〉でログインする。

ロメロのページに飛んでタイムラインを確認したが、新たな投稿はない。

次に〈ロメロ〉のフォロワーで、アクティブなユーザーを確認した。まず一人目は〈KILLER〉。こいつは表で〈はるにゃん@残業中〉というアカウントを持っていて、そちらの投稿から、渋谷のソフトウェア開発会社に勤務していることがわかった。

〈はるにゃん@残業中〉を検索し、投稿を覗いてみる。

仕事関係と思われる愚痴や、行きつけの店で撮影した写真などが、タイムラインに並んでいる。裏アカでホラー映画の残酷描写を実行してみたいと物騒な発信をするのと同一人物とは、とても信じられない。この二面性こそが人間らしさと言えるのかもしれないが。

それにしても驚くのは、裏アカから表アカを割り出した茉百合の手腕だ。一枚だけ表裏で共通する写真が投稿されていて、画像検索で見つかったという話だった。

簡単に言うものの、〈KILLER〉の裏アカにもそれなりの数の写真が投稿されている。茉百合はこれらすべてを画像検索にかけてみたのか、それとも、表アカにつながりそうな写真に目星をつけたのか。

おれにもできるものだろうか。

二人目のアクティブユーザーのページに飛んでみる。〈絶叫クイーン〉というアカウント名だが、投稿の内容からは男性的な印象を受けた。本当はどっちなのか。こいつは表アカを持っているんだろうか。

茉百合のやり方をためしてみようと思い、〈絶叫クイーン〉が投稿した写真を画像保存し、検索にかけてみる。〈絶叫クイーン〉のアカウント以外に、ヒットするページはなかった。いくつかの写真をためしてみたが、結果は同じだ。表アカウントにはつながらない。

こんなものだろう。同じことをやっても、センスのある人間とない人間では、結果に雲泥の差が出る。茉百合にはネット探偵の才能がある。出会ってから三週間足らずで、一年半もこの仕事をしているおれをあっさりと抜き去ってみせた。その事実に嫉妬すら覚えなかったのは、たぶんおれに負け癖がついているせいだ。悔しさよりも先に諦めが立つ。だから茉百合の圧倒的な才能を目の当たりにしても、彼女に追いつこうとするのではなく、彼女を利用して金儲けできないかと考える。彼女がいつまでもここにいてくれる保証はないのに。

そもそも彼女は、どうしてここに通うのだろう。おれに性的な魅力を感じているふうでもなさそうだが。

座卓の上には、折りたたまれた彼女のノートPCが置いてあった。荷物になるから置いていったのだろう。

このPCに、なにかヒントが隠されているかもしれない。

魔が差すとは、まさしくいまのこの状況だ。

スマホが振動して我に返ったとき、おれの手は茉百合のノートPCに触れようとしていた。おれはなにをしようとしていたのか。茉百合のことまで裏切ってしまったら、いまのおれには味方と呼べる存在が一人もいなくなる。

おれは自らを戒めつつ、スマホを確認した。

そして思わず眉をひそめる。

——KENTA、最近どうしてる？

ネトカノの〈景織子《きょうこ》〉だった。ヴィジュアル系バンドが好きで、よくゴスロリ系の服を着た写真を送ってくれる。

面倒だな、と思った自分に驚いた。少し前までは、複数のネトカノとのDMのやりとりを苦痛に感じたことはなかった。二十五歳イケメン青年社長の〈KENTA〉を演じるのは楽しかったし、現実世界で未経験のモテ期がやってきたようで少しだけ浮かれてもいた。

——ごめん。忙しかった。

返信しながら、今後のことを考える。いまの稼業を続けていくかはわからないが、どうするにしろ、ネトカノに提供させた写真を囮アカに使うのはやめるべきだ。

おれの安易さのせいで、ジヨンは……。

——そっかあ。別にいいんだけどさ、寂しかった。

〈ミキ〉のことも、当然頭にあった。ネット限定の恋人関係とはいえ、恋愛は恋愛だ。頭で理解するのと、感情は違う。感情は制御できない。相手のことがわからないからこそ、自分の理想像に近づけて美化し、ネットだけでは我慢できなくなる。

おれはそれ以上返信するのをやめ、ノートPCに向かう。

三人目のアクティブユーザーの名は〈スクリーム213〉。投稿内容は〈KILLER〉や〈絶叫クイーン〉と似たり寄ったりだ。なんとか表アカウントにつながる糸口を見つけようとしたが、上手くいかない。

なんの成果もないまま、気づけば外が暗くなっていた。ろくに食事も摂らずに必死に調べたのに〈絶叫クイーン〉と〈スクリーム213〉の身元につながる手がかりはゼロ。おれはいったいなにをやっていたんだというむなしさだけが募る。

そんなことより——ふと思う。

茉百合はどうしたのだろう。〈KILLER〉こと〈はるにゃん@残業中〉の素性を探るために出ていって以来戻らない。

連絡が来ているだろうかと、スマホを持ち上げる。

通知のポップアップはうんざりするほど重なっているが、茉百合からではない。〈景織子〉からのDMだった。

——KENTA、どうしたの？

——なんで返事くれないの？

——私なにか嫌われるようなことしたかな？

——大丈夫？　具合悪いとか？

——元気かどうかぐらい教えてくれてもいいじゃない！

——KENTA？　お願い返事して！

——もういい。無視するなら次いっちゃうからね。

あまりに多すぎてすべてを紹介しきれない。景織子からは数分おきにDMが届いていた。

急になんなんだ。少し変わったところのある女だったが、こんなに面倒な性格だったろうか。おれが知らなかっただけかもしれないが。

それはともかく茉百合だ。

これまでおれが茉百合からのLINEに返事しないことはあっても、逆はなかった。なにかあったのか。

——いまどこにいる？

LINEを送ってみる。既読はつかない。だからなんだ。すぐに確認できる状況とは限らない。そう思ったが、どうにも胸騒ぎがして、おれは電話をかけていた。

呼び出し音ばかりが響く。応答はない。

「あいつ、なにやってんだ」

気持ちを鎮めようとマルボロを咥える。百円ライターの石が上手く擦れずに、チッ、チッと小さな火花が弾ける。四度目でようやく炎が上がり、煙草に火を点けることができた。

深く息を吸い、肺まで循環させた煙を吐き出す。

細胞が弛緩する感覚はあるが、気持ちが落ち着くことはない。

ふいにスマホが振動して、発信者も確認せずに素早く応答した。

「なにやってたんだ」

『なに。どうしたの、いきなり』

予想していた声と違って虚を突かれる。

「華世か」

『私じゃ悪いみたいな言い方ね』

「そんなことはない。どうした」

『離婚届、出してきた』

「そうか」

むしろとっくに提出済みだとばかり思っていた。ついさっきまで、おれたちは夫婦だったのか。

『それだけ？』

華世はおれの反応が不服そうだ。

「なにを期待している」

『別に。なにかを期待しているわけじゃないけど』

「申し訳ないが、おれはいま忙しい」

不機嫌そうな沈黙の後で、華世が言った。

『好きな人でもできた？』

「馬鹿を言うな」

『いいんだけどね。そのほうが私も安心だし』

大場のパパ活のことが頭をよぎり、大きくかぶりを振った。おれたちはもう他人だ。

華世と麗華の幸せは壊せない。

「そんな相手はいない」

『そうなんだ。別れても麗華の父親であることは変わらないんだから、たまには顔を見に来てあげて』

「もちろんだ」

だが少なくとも、〈ロメロ〉の件の片がついてからだ。

じゃあね、と通話が切れた。

そのとたん、スマホが震える。

ようやく茉百合からかと思ったが、違った。

〈ミサト〉からDMが届いたという通知だった。〈ミサト〉もまたおれのネトカノだ。

――こんばんは。お元気ですか？

〈ミサト〉は清楚系の見た目通りに、DMでの言葉遣いも丁寧だ。品川にある、名前は全国区だが偏差値はそこそこの私大の三年生らしい。これもどこまで真実かわからないが、送られてくる写真は品川近辺で撮影したと思われるものが多い。

それはともかく。

「なんなんだ、いったい」

ネトカノからの連絡が相次いでいる。このところ忙しかったので放置気味だったせいかもしれないが、こうもタイミングが重なるものか。

因果応報という言葉の意味を噛みしめ、おれは顔を歪めた。さすがにいまは、ネトカノとDMでいちゃつく心境ではない。

液晶画面を伏せて置こうとして、それだと茉百合から連絡が来たときに気づかないと思い直した。

ベッドの上に胡座をかき、目の前に置いたスマホをじっと見つめる。いっこうに振動しない。茉百合のやつ、どうしたんだ。なにかあったのか。厄介ごとに巻き込まれていなければいいが。

そのときスマホが振動し、おれは飛びつくようにして拾い上げた。

そして天を仰ぐ。

——私のことを嫌いになりましたか?

〈ミサト〉からだった。

なにが起こってる。ネトカノがいっせいにかまってちゃん化している。

悪いが、いまはDMに返信する心の余裕がない。スマホを布団に放り投げ、自らも後ろに倒れ込んで横になった。

茉百合は〈ロメロ〉に拉致されたのだろうか。そんなはずはない。茉百合は〈ロメロ〉の相互フォロワーである〈KILLER〉の身元を特定するための調査に出ただけだ。身元の特定に成功し、〈KILLER〉に接触した可能性もあるが、だからといって即危険な目に遭うというわけでもないだろう。

「いや」

おれは弾かれたように上体を起こした。

〈KILLER〉が〈ロメロ〉とつながっていたとしたらどうだ？　茉百合は〈KILLER〉の身元を特定し、〈ロメロ〉の次の標的となりえる彼に警告を与えるために接触を図った。ところが〈KILLER〉は次なる標的どころか、〈ロメロ〉の仲間だった。

ありえなくもない。〈ロメロ〉のフォロワーのうちアクティブな三人は、〈ロメロ〉の標的にならずに生きながらえているのではなく、最初から一味だった。そう考えれば、〈ロメロ〉のフォロワーではもっとも新顔だったおれの囮アカウント〈サヤカ〉が、ほかのアクティブなフォロワーを差し置いて真っ先に狙われたことにも説明がつく。〈ロメロ〉のフォロワーでまだ生きているのは、〈ロメロ〉の仲間。

それ以外はすべて標的にされ、殺された。例外はない。

全員が一味。

だとすれば〈KILLER〉に接触するのは危険だ。

どうすればいい？

茉百合の身になにが起こったのかわからず、どこにいるのかすら見当もつかない。〈KILLER〉あるいはその表アカウントとされる〈はるにゃん@残業中〉にDMを送ってみるべきか。なんという文面で？　うちのバイトの灰原を拉致していますか、なんて訊ねたところで否定されるだけだ。

〈はるにゃん@残業中〉の身元を特定し、自宅を突撃するしかない。

すでに時刻は午後十時をまわっている。渋谷のソフトウェア開発会社に勤務しているという話だったが、勤務先を特定したところで、すでに帰宅しているだろう。茉百合が〈はるにゃん〉に接触した結果、拉致されたのなら、その可能性は高い。

だからといって、手をこまねいているわけにはいかない。事態は一刻を争う。

おれはスマホを手に取り、急いで身支度を整えて玄関に向かった。

錠を外し、鍵を開けた瞬間に、驚きのあまり小さく悲鳴を上げる。

そこには茉百合が立っていた。

「なんで……」

幽霊を見たような心境だった。

「なんで？　荷物置いてるから取りに戻ったの」

「連絡が取れなかったが」

不審げに眉根を寄せた茉百合が、ハンドバッグからスマホを取り出す。

「ごめん。充電切れてたみたい」

散々気を揉んだ結果が、これか。

全身から力が抜けて崩れ落ちそうになる。よかった。取り越し苦労で済むのなら、それに越したことはない。

鼻の奥がつんとしたが、ぐっと堪《こら》える。

「どうしたの？」

おれは言葉の代わりに抱擁しようとした。

が、目の前に火花が散って天井が現れた。

「あ。ごめん。つい反射的に」

顔の中心の火を噴くような痛みをたしかめながら、この痛みこそ、彼女が生きているあかしなのだと、自らに言い聞かせた。

「驚くべきことがわかった」

茉百合は充電の切れたスマホを充電器につなぎながら、興奮気味に言った。

その声を、おれはベッドに横になって聞いている。

「驚くべきことって？」

訊き返す声がこもっているのは、鼻に詰めたティッシュのせいだ。朝、公文に殴られて塞がりかけていた傷が、先ほどの茉百合のパンチで開いた。今日だけでどれだけの鼻血を流したのだろう。

「〈ＫＩＬＬＥＲ〉こと〈はるにゃん＠残業中〉の身元がわかった。渋谷の神泉《しんせん》駅に近いソフトウェア開発会社に勤務している。門田《かどた》春男《はるお》っていう男」

「春男だから〈はるにゃん〉か」

安易な由来だが、ニックネームとはそもそもそういうものだ。

「うん。で、個人が特定できたのはいいんだけど、そこからどうしようか考えていて。接触するべきか、しばらく様子を見るべきか」

「考えたんだが、接触するのは危険だ」

おれは鼻からティッシュのこよりを抜き取り、出血が止まったのを確認してから上体を起こした。「門田が〈ロメロ〉とつながっていないとも限らない」

茉百合が大きく目を見開く。おれの鋭い推理に驚いたのかと思ったが、少し違うようだ。

「よくわかったね。そうなの。門田はおそらく〈ロメロ〉とつながっている」

「どういうことだ？」

「〈はるにゃん〉の正体を突き止めたはいいものの、それからどう動くべきか迷ってたの。そうこうするうちに仕事が終わったらしく、門田が会社から出てきた。なんか、そのときの様子がそわそわして落ち着かない感じだったから、後をつけてみることにした」

話を聞きながら、おれは思わず眉をひそめる。そんな危ないことをしていたとは。おれの心配も、あながち杞憂《きゆう》ではなかったかもしれない。茉百合が無事に帰ってきたのは、たんに運がよかったのだ。

ともあれ、いまは茉百合の話を聞こう。

「門田はときおり立ち止まってスマホを確認しながら、電車に乗った。明らかに自宅に帰るような雰囲気じゃないと思ってたら、白金台《しろかねだい》駅で降りた。そこからは地図アプリで道を確認しながら進んで、アパートに入っていった。そのとき、アパートで出迎えたのが、誰だと思う？」

「誰だ」

そんなクイズ、想像もつくはずがない。

茉百合が自分のスマホの液晶画面を確認する。

「もう大丈夫かな」

少し充電できたらしい。電源を入れ、スマホを起動させた。

「誰なんだ」

もったいぶらずに正解を教えてくれればいいのに、茉百合にその気はないらしい。どうやら正解を写真にでも収めているようだが、写真を見せられたところで、おれに彼女の期待するリアクションがとれるか疑問だ。有名な芸能人だったとしても、たぶんおれにはわからない。

ようやくスマホが起動した。

茉百合が写真を表示させ、画面を拡大しておれに手渡してくる。

おれは液晶画面を見た。

アパートの外廊下のようだ。住人が扉を開け、来訪者を出迎えている。見切れている後ろ姿が、〈はるにゃん〉こと門田だろう。

問題は出迎えた住人のほうだ。

「こいつは……」

すぐにピンとくるほどではないが、どことなく見覚えのある顔だった。若い男だ。

色白で細面、下がった口角がどことなく神経質そうな……。

　ふいに記憶と写真の男が重なり、総毛立った。

「倉野？」

　そう。倉野博嗣。茉百合が当初〈ロメロ〉の中の人と睨んでいた、調査対象者。茉百合が倉野の裏アカとして〈ロメロ〉を発見したところから、すべてが始まった。

　警察によれば、バラバラ遺体で発見された練馬の看護師・中尾敦美の住んでいたアパートの外観写真が〈ロメロ〉のタイムラインに投稿されたとき、倉野は海外旅行中だった。だから〈ロメロ〉は倉野の裏アカではなく、事件とも無関係と判断された。

　だが。

「〈ロメロ〉はやはり、倉野だった……？」

　だとすれば、おれが一人でうじうじ考えたことも、的外れとは言えないんじゃないか。

　おれは自分の推理を伝えることにした。

「〈ロメロ〉のフォロワーのうち、なぜか命を狙われずに生き残っている連中は、全員が仲間じゃないか」

「私もそう思った」

「倉野を含む四人グループで犯行に及んでいたということか」

「いや」と茉百合がかぶりを振る。

「倉野は〈ロメロ〉の相互フォロワーの一人だと思う」

どういうことだ。眉をひそめるおれに、茉百合が推理を披露する。

「IDに倉野の誕生日の数字が含まれているし、アカウントを取得したのが倉野なのは間違いない。でも〈ロメロ〉のタイムラインには、ほかの相互フォロワーの投稿の共有か、標的の住所近辺の写真しか上がってない」

茉百合の言う通りだ。〈ロメロ〉はほかの相互フォロワーの投稿を共有するばかりで、自分の言葉で発信することはない。自主的な発信は、標的の住まいの近隣を撮影した写真に限られる。

「あくまで罠ということか」

うん、と茉百合が頷く。

「〈ロメロ〉は獲物を誘い込む罠で、犯人グループにとっての連絡簿というか、掲示板というか、そういう役割のために作られた共用アカウントじゃないかな」

おれたちにとっての囮アカのように、グループでパスワードを共有しているのか。

「ってことは、犯人グループは三人」

「門田と倉野、それにもう一人」

異存はない。〈ロメロ〉のタイムラインからは、ユーザーのパーソナリティーが伝わってこなかった。掲示板的に使われていたとすれば納得だ。

「だとすると、あのカーブミラーに写り込んでいたのは、やっぱり倉野だった？」

中尾敦美のアパート近辺を撮影した、練馬区土支田の写真だ。

「その可能性は高い。あらかじめ撮影して下書き保存しておいた写真を、ほかの人間が〈ロメロ〉にログインして投稿した。万が一のことを考えてアリバイを作ろうとしたのかもしれないし、たんに下書き保存したのを投稿し忘れていて、それに気づいたほかのメンバーが投稿したのかもしれない。いずれにせよ、〈ロメロ〉が複数人で管理されているとなれば、あれが倉野である可能性を否定できない」

おれはしばし呆然となった。

茉百合の推理を信じていなかったわけではないが、にわかに現実問題として輪郭がくっきりと浮かび上がってきた。少し前までは〈ロメロ〉が複数人である可能性を、まったく考えていなかった。だが、そうであればさまざまな点が腑《ふ》に落ちる。被害に遭ったと思われる行方不明者の中には、成人男性もいた。誰にも目撃されずに拉致、殺害するのは、単独では難しい。チームで連携して犯行にあたっていたのだ。

茉百合のスマホに表示された倉野を、あらためて見つめる。

「門田は倉野のアパートを訪ねていた。いわばここがアジト……ってことか」

「そうなる。でも現段階で警察に話しても、また前と同じことの繰り返しなのは目に見えてる。もっと決定的な証拠を押さえないと」

茉百合の意気込みに、おれはやや気圧《けお》された。この期に及んで手を引く気はいっさいないらしい。殺人鬼の巣を見張って証拠を押さえるなんて、あまりに危険だと思うが。というか、おれ自身が怖い。

と、かすかな違和感を覚え、おれは眉をひそめる。

なにかがおかしい。写真を凝視してみるが、違和感の正体は見つからない。

なにかが変だ。なにかを見落としている。

そして気づいた。

自分のノートPCを起ち上げ、アビコ電算から送られてきた倉野のエントリーシートを確認した。

「やっぱり……」

「どうしたの」

「このアパートは倉野の住まいじゃない。倉野は大田区大森にアパートを借りている」

茉百合があっ、という顔をした。

——倉野の家はどこだ。

——大田区。実家は栃木だけど、大森にアパートを借りて一人暮らししてる。

茉百合が〈ロメロ〉は人を殺していると言い出したときの会話だ。

「そういえばそうだった。自分の家みたいな感じで門田を招き入れていたから、てっきり倉野の住まいだと決めつけてた」

「エントリーシートを提出した後で、引っ越した？」

「それはない。時期がおかしい。一般的な賃貸契約は二年ごとに更新だからまだ契約期間中だろうし。就職が決まってから仕事の都合で引っ越すならわかるけど、まだ内定が出るか出ないかって時期に、わざわざ引っ越す学生は少ない」

たしかに学生の引っ越しには時期が悪い。

「〈ロメロ〉は三人組なんでしょう。もう一人の住まいって可能性は？」

「その可能性がないわけじゃないが……」

どこか引っかかる。他人の住まいなのに、訪問者を自分の部屋のように招き入れた。ないわけではないだろうが、〈ロメロ〉はそんな学生気分のユニットなのだろうか。門田と倉野では、世代すら違うように思えるが。

そのとき、スマホが振動した。

ちらりと液晶画面を確認し、げんなりとする。

「どうしたの」

「なんでもない」

「なに。感じ悪いよね」

「そういうつもりはないんだが」

いまはそういう場合じゃないのに。

〈ミサト〉からのＤＭだった。

――さようなら。私が死んだらあなたのせいです。

いったいどうしたっていうんだ。どいつもこいつも急激にメンヘラ化しちまって。

「見せてよ」

おれのスマホを奪い取った茉百合が、顔色を変える。

「なにこれ。自殺予告？　ネトカノ？」

「ちょっと返信しなかっただけだ。なんでこんなになるのか、わけがわからない」

うんざりとしながらかぶりを振る途中で、閃《ひらめ》きが全身を貫いた。

嘘だろ？

まさか、そんなことはありえない。

だが考えれば考えるほど、疑念は確信を帯びていった。

「このアパート、もしかしたら〈ミサト〉の部屋かもしれない」

「は？」

茉百合が大きく目を瞬かせた。

沈黙を破ったのは、茉百合だった。

「どういうこと？　〈ミサト〉って、そのネトカノ？」

「そうだ。自殺予告してきた、この女」

おれはスマホの画面をちらりと見て、訂正する。

「これは自殺予告じゃない。殺害予告だ」

一瞬固まっていた茉百合が、はっとした顔になる。

「このDMを送ってきてるのは〈ミサト〉ちゃんじゃなくて、〈ロメロ〉ってこと？」

「だと思う。このアパートは白金台が最寄り駅って言ったな」

「うん。白金台から徒歩十分……かからないぐらい」

「白金台は港区だが、ちょっと歩けばすぐに品川区という位置関係だ。〈ミサト〉は品川の大学に通っている」

「でも……」

それだけで断定できるのか、とでも言いたげな、茉百合の戸惑った表情だった。

おれは〈ミキ〉のところから話した。ずっとネット上の交際と割り切っていたはずの〈ミキ〉が急に会いたいと言い出した。そういうことはたまにあるので、別れを告げてブロックした。すると今度は〈景織子〉から頻繁に連絡が来るようになった。〈ミキ〉の件もあるのであまり返信しないようにしたら、最終的には『もういい。無視するなら次いっちゃうからね』というDMが届いた。

そして数時間後に〈ミサト〉だ。

話を聞き終えた茉百合は、こころもち顔が蒼《あお》ざめていた。

「おれは〈景織子〉の『次いっちゃうからね』というのを、次の恋愛に向かうという意味の捨て台詞だと解釈したが、違ったんじゃないだろうか」

次の恋愛に向かうのではなく、次の獲物に向かう。ようするに、おまえの正体を明かさないと、次々と人が死ぬぞという警告だ。

だとすれば『さようなら。私が死んだらあなたのせいです』というのは自殺予告ではない。殺害予告だ。

茉百合が動揺を鎮めようとするかのように、自分の胸に手をあてる。

「待って。どういうこと。どうして〈ロメロ〉は、社長のネトカノたちを狙うの」

「おれ……というか、青年社長〈KENTA〉の正体を知りたいからだろう。おそらく〈サヤカ〉から〈ロメロ〉に人違いを指摘するDMを送ったとき、ジヨンはまだ生きていた。〈ロメロ〉はジヨンを問い詰め、〈サヤカ〉に写真を転用した人物の正体を探ろうとした。〈サヤカ〉のタイムラインに投稿された写真を見せられたジヨンは、それらの写真を送った友人たちの名前を挙げる。その中でひときわ異質なのが、ネトカレの〈KENTA〉だった。当然、〈ロメロ〉は追求するが、ジヨンも、それ以上しかし〈ロメロ〉は〈KENTA〉のタイムラインを確認する。しかしおれが作り上げた〈KENTA〉という虚像は、プライベートを明かしているようでいながら、実際には画像加工などで巧みに身元特定を避けている。投稿からはその正体までは探れない。そこで、おれの相互フォローの中から親しそうな女を特定し、接触することにした。ほかにもジヨンと同じようにネトカレ、ネトカノの関係性を結んでいる相手がいると睨んだんだ」

〈ロメロ〉はネトカノからおれの素性を聞き出すつもりだったのだろう。だがネトカノからは期待した情報はえられなかった。〈KENTA〉はネットナンパのために作ったアカウントであり、相互フォローにもおれのリアルな知人はいない。そこで方針を転換し、ネトカノからスマホを奪い、ネトカノのふりをして個人情報を引き出そうとした。DMの過去のやりとりをさかのぼれば、ネトカノになりすますのは簡単だ。

最初が〈ミキ〉だった。

ところが〈ロメロ〉の思うようにことは運ばない。囮アカ用の写真収集のためにネットナンパを繰り返しているだけでそれ以上の下心がなく、そもそも年齢から容姿から自分を大きく偽っているおれには、いくら誘われようとネトカノとリアルで会うつもりがない。面会の約束を取り付けるどころか、一方的に別れを告げられブロックされてしまった。

そこで〈ロメロ〉は方針転換する。ネトカノの身元を特定し、殺していくことにしたのだ。正体を明かさないと、もっと人が死ぬことになるぞという脅し。はっきりと意図を伝えずにあくまでネトカノの文体を装っているのは、警察に通報されないための対策だろう。これまでのネトカノとのＤＭのやりとりを見せたところで、警察がまともに取り合ってくれるとは思えない。

「どうしよう……私、戻ってきちゃった」

茉百合の声はかすかに震えていた。

おれの推理が正しければ、〈ＫＩＬＬＥＲ〉こと門田が入っていったのは、おれのネトカノ〈ミサト〉の部屋だ。その部屋の中では、恐ろしいことが行われていた。〈ミサト〉を救えなかったと後悔する気持ちはわかるが、茉百合が異状に気づいて単身乗り込んだところで、〈ロメロ〉の犠牲者が一人増えるだけだ。茉百合が無事に戻ってきてよかったと、心から思う。

「ネトカノの話はまだ憶測の域を出ない」

「あのアパートに行ってみる？」

「そうだな」

おれは〈ミサト〉にＤＭを送った。

——そんなこと言わないでくれ。ミサトが死んだらおれは生きていけない。

返信はない。
慌ただしく靴を履き、部屋を飛び出した。
幸いなことにマンションを出てすぐ、タクシーを拾うことができた。
タクシーに乗り込むと同時に、スマホが振動する。
「なんだって？」
いち早く反応した茉百合が、返信を確認しようと顔を寄せてくる。
――もう遅い。さようなら。またいつか。
遅かった。叫び出したい衝動をぐっと堪える。
一縷《いちる》の望みを込めて、もう一度ＤＭを送ってみた。
――ミサト。おれが悪かった。返事をくれ。
白金台のアパート前に到着するまで、スマホが震えることはなかった。
精算を済ませ、タクシーを降りる。
先に降りた茉百合が、そわそわと建物を見上げていた。
茉百合の視線を辿る。
「どこだ」
二階建てアパートの二階。外階段をのぼって二番目の扉、二〇二号室がそうらしい。
いまにも走り出しそうな茉百合を手で制し、観察する。ぱっと見る限り、人の気配は感じられない。裏手に回って窓を見上げてみたが、灯《あか》りは点いていないようだ。周囲を見回してみる。人影は見当たらないが、暗がりに潜んでいたらわからないし、隠しカメラなどで監視されている可能性もある。だがそこまで気にしていたら身動きが取れない。

外階段ののぼり口には、集合ポストが設置されていた。人目がないのを確認し、二〇二号室のポストを開けてみた。ファッションブランドのダイレクトメールが入っている。宛先を確認して、息の詰まる感覚があった。

小堀《こぼり》美里《みさと》様。

ハガキにはそう記されていた。〈ミサト〉は本名だったのか。

足音を忍ばせて階段をのぼり、二〇二号室の扉の前に立つ。近くまで来てもやはり人の気配を感じない。電気メーターの回転もゆっくりで、扉に耳をあててみたが、物音一つ聞こえない。

無駄だと思いつつ、インターフォンの呼び出しボタンを押してみた。扉越しに呼び出し音のメロディーがうっすら聞こえる。

扉をノックしようとした茉百合の手首をつかんだ。

「なにするの」

「誰か出てくると思ってるのか」

その言葉だけでじゅうぶんだった。茉百合だってわかっているのだ。この部屋には〈ロメロ〉はいない。小堀美里はいるかもしれないが、いたとしたら生きていない。

茉百合がこぶしをおろすのを確認し、おれはスマホを取り出した。


覆面パトカーらしき黒いセダンが現れたのは、電話をかけてから四十五分ほど経ってからだった。市民にたいする態度はいけすかないが、事件解決に懸ける思いは本物なのだなと、おれは少し見直した。彼らがどこにいたのかは知らないが、どこにいようと電話を受けてすぐに出発しないとこの短時間で到着はしない。

おれたちの目の前に停車したセダンから、縦長と横長のシルエット——依田と永嶋が降りてくる。

横長の永嶋はすでに喧嘩腰だ。

「こんな時間になんだ。おれらだって暇じゃないんだぞ」

たったこれだけの台詞を言い終えるまでに、三度も舌打ちを挟んだ。

「やめろ、永嶋。檜山さんの甥御さんだ」

縦長の依田は、同僚を制止する振りをして遠回しに嫌みをぶつけてくる。

そんな態度を気にしている場合ではない。

「あの部屋です」

おれは小堀美里の部屋を指差した。

二人の刑事がおれの示す方角に視線を向ける。

「誰もいなそうじゃないか」

永嶋が口を尖らせる。

「おれが電話で話した内容をちゃんと聞いてたら、そんな発言は出てこないと思いますが」

概要は電話で伝えてある。小堀美里の部屋に押し入ったと思《おぼ》しき男たちはすでに立ち去ったであろうこと。人の気配のない部屋には、実際には誰かがいるかもしれないということ。

「なんだと、こら」

「まあ、待て」

いきり立つ永嶋の肩に、依田が手を置く。身長差があるので制止しているというより、肩に手を置いて休憩しているように見える。

「もしも本当ならば、至急踏み込まないとなりません」

そのために連絡したのだ。探偵の真似事をしているとはいえ、さすがに一人暮らしの女のアパートに忍び込むことはできない。

「管理会社のほうには連絡していただけましたか」

おれの質問に依田が頷く。

「ええ。大家が近くに住んでいるので、連絡してくれるそうです。部屋に立ち入るにしても、立ち会っていただかないといけませんので」

「あれがそうじゃない」

茉百合に袖を引かれて顔を上げると、頭の禿げ上がった男が歩み寄ってくるところだった。

「鈴木《すずき》さんでいらっしゃいますか」

おれたちにたいするのとは打って変わった、永嶋の柔らかい口調だった。

「そうです。小堀さんの部屋に強盗が入ったとか？」

鈴木と呼ばれた男は、不安げな顔で二人の刑事の顔を見る。

「まだそうと決まったわけではありません」

依田の言葉に、すぐさま茉百合が反応した。

「私はこの目で見ました」

スマホを取り出し、〈ロメロ〉たちが部屋に出入りする瞬間を捉えた写真を表示させる。

まず二人の刑事が確認し、続いて鈴木が写真を見た。

「間違いなくうちのアパートです」

「普通に友人が出入りしているようにしか見えないがな」

永嶋がふんと鼻を鳴らす。

「小堀さんと連絡はとれましたか」

依田の質問に、鈴木はかぶりを振った。

「いいえ。管理会社から連絡をもらってからここに来るまで、何度か電話をかけてみましたが、つながりませんでした」

二人の刑事が意思確認をするように互いの顔を見合わせた。

「合鍵は？」

永嶋が言い、鈴木が脇に挟んだクラッチバッグから鍵束を取り出す。

「わかりました」

「最後にもう一度だけ、小堀さんに連絡してみていただけませんか」

おずおずとスマホを取り出した鈴木の手の中で、液晶画面が光った。

「小堀さんからです」

おれは弾かれたように茉百合を見た。彼女は大きく目を見開いた驚愕《きょうがく》の表情で固まっている。

鈴木がスマホを耳にあてた。

「ああ、小堀さん。よかった。留守電聞いてくれたんですね……いや、管理会社のほうから電話があって、小堀さんのお宅に強盗が入ったと聞いたもので、いま警察の方と、アパートの前に来ているんです……そうですか、そうだったんですか。なるほど。わかりました。いえいえ、小堀さんが悪いわけではありません。こちらの早とちりのようですね。では、説明しておきますので。いえいえ、こちらこそ。どうも夜分にすみませんでした。はい。失礼します」

鈴木の顔に安堵が広がるのとは反比例して、二人の刑事の発する空気は剣呑《けんのん》さを増していった。

通話を終えた鈴木が、晴れやかな笑顔で言う。

「友達同士で食事会をやっていたそうです。いまは場所を移動して、そのお友達の家にいらっしゃるんだとか。近所迷惑にならないよう気をつけていたけれど、もしも苦情があったのなら申し訳ありませんと、謝っていらっしゃいました」

「どういうことだ」

永嶋の声はほとんど恫喝に近い調子だった。

「それ、本当に小堀さんですか」

「えっ……？」

茉百合の質問に、鈴木は戸惑った様子だ。救いを求める目で刑事たちを見る。

「小堀さんのスマホから発信されたのは間違いないけど、小堀さん本人かどうかはわかりませんよね」

「わかるだろう。顔は見えないけど声は聞こえる」

永嶋が面倒くさそうに顔を歪める。

「アパートの大家さんなんて毎日顔を合わせるわけじゃないから、声だけじゃ本人だと特定できない。ですよね？　電話をかけてきた相手が小堀美里だと名乗ったからそう判断しただけで、声だけを聞いて本人だと思ったわけじゃありませんよね」

「え、ええ。まあ……」

鈴木が困惑を浮かべながらも頷いた。

茉百合が刑事たちを見る。

「念のため、部屋を確認してください」

「なにを言い出す」

さすがの永嶋も驚いたようだった。

「部屋の中を見て、なにも起こっていないようだったら納得して帰ります」

「あのな――」

永嶋の肩に、依田が手を置いた。

「いくらなんでもそれは無理筋です。言い争う声が聞こえるとか、住人と連絡が取れないとか、明らかな非常事態ならばともかく、住人とは連絡が取れていて、かつあなたが強盗だと疑った男たちは友人だという説明がなされています」

「強盗じゃなくて正確には殺人鬼だけど。連続殺人鬼」

　永嶋が盛大に吹き出した。

「連続殺人鬼だとよ。怖い怖い」

「本当に怖いのは、連続殺人鬼を野放しにしてる警察の無能さよ」

「なんだと！」

　いきり立つ永嶋から目を逸らし、茉百合が鈴木に要求する。

「部屋、確認してくれませんか」

「いや。でも、小堀さんの許可をえないことには……」

「いま許可を得てください。それか、ビデオ通話で相手の顔を確認してください。小堀さんのスマホを使っているのが、本当に小堀さんなのか」

「いい加減にしろ」

　永嶋は暗がりでもわかるほど、顔が紅潮していた。

「お願いします。ビデオ通話を。それで相手が小堀さんだと確認できたら納得して帰ります」

　鈴木はしばらく悩んでいるようだったが、茉百合の熱意が伝わったようだ。

「わかりました。かけるだけかけてみます」

「ありがとうございます！」

鈴木がスマホを操作し、ビデオ通話で発信する。

呼び出し音が鳴り続けるだけで応答はない。

やがて永嶋が言った。

「もういいだろう」

結局ビデオ通話がつながることはなく、相手の顔を確認することは叶《かな》わなかった。

当然ながら小堀美里の部屋を見せてもらうこともできずに解散となった。

遠ざかる覆面パトカーのテールランプを見ながら、茉百合が扉を破壊してでも部屋の中を見ようと言い出すのではないかと、おれはひやひやしていた。

そうはならなかった。彼女はただ途方に暮れた様子で、覆面パトカーの去った方角をいつまでも見つめていた。

第五章

無駄な出費をしてしまった。

停車したタクシーの料金メーターを確認し、おれは暗澹《あんたん》たる気分になる。

茉百合とは小堀美里のアパート前で別れた。一緒にタクシーで帰ろうと提案したのだが、茉百合は電車で帰ると答え、さっさとその場を立ち去ってしまった。その行動は、いまは誰とも話したくないという意思表示にほかならない。後ろ姿が拒絶のオーラを放っていた。おれも電車で帰るよと後を追うことはできず、タクシーを捕まえて乗り込んだのだった。

一緒に帰ることはしないにしても、少し時間を潰して電車で帰ってくればよかった。財布の薄さに顔をしかめつつ、自宅マンションの階段をのぼる。

なかば放心しながら歩いていたので、自室の扉の貼り紙に気づくのが遅れた。ハガキサイズの付箋が、扉に貼り付けてある。

公文からのメッセージだった。

——今月ぶんの返済期日となりました。金二十万円、至急お支払いください。返済日のご相談等、お電話いただければいつでも対応させていただきます。

突然キレて暴力を振るうくせに、文章だけはいつも馬鹿丁寧だ。

おれは付箋を剝がし、鍵を開けて自分の部屋に入った。

冷蔵庫を開けたが缶チューハイの買い置きが切れている。座卓の上に置いてある缶を、一縷の望みを込めて軽く振ってみる。ピチャピチャと音がした。だが、口をつけようとして気づく。これは灰皿に使った空き缶だ。帰りにコンビニに寄ってくるべきだった。

飲み物は諦めてマルボロを咥え、火を点ける。

座卓には茉百合のノートＰＣが置きっぱなしだ。ここを出る時点では、取りに戻ってくるつもりだったのだろう。

茉百合は無事帰り着いただろうか。珍しく落ち込んでいる様子だった。いや、あれは落ち込んでいるというより、ショックを受けて放心していたのだろう。門田を追ってアパートに踏み込んでいれば、小堀美里を救えたかもしれないと悔やんでいる。気持ちはわかるが、おれに言わせれば、どう考えても不可抗力だ。茉百合に責任はない。責任があるとするなら、小堀美里の写真を囮アカに利用していたおれだけだ。

女とは思えないパンチ力なのは何度となく殴られたおれがいちばんよくわかっているが、それでも茉百合一人では無理だった。茉百合は女一人、かたや〈ロメロ〉は三人組。そのうち二人は男。

そう。今回の件で収穫があったとすれば、〈ロメロ〉の一人が女だとわかったことだった。男が女性の声色を装った可能性もないわけではないが、大家の鈴木はなんの違和感も覚えていない様子で会話していた。電話の相手は女性だったと考えるほうが自然だろう。

鈴木は小堀美里に何度か電話をかけ、留守電も残したと言っていた。彼女の部屋に何者かが侵入しているのを目撃したという通報があったため、このまま連絡が取れなければ警察と一緒に鍵を開けて確認することになる、というふうな内容だろう。おれも家賃を滞納して大家に居留守を使い続けていたとき、似たような留守電を残されたからわかる。

〈ロメロ〉は、警察が踏み込めば面倒な事態に発展すると考えた。そこで三人のうち唯一の女性メンバーが、小堀美里を装って大家に電話をかけた。大家ならば頻繁に会うわけでもないし、小堀美里の番号から小堀美里を名乗る女性が電話をかけてきたのだから、疑う余地もない。そうやって本人の無事を知らせれば、合鍵を使って室内をあらためる理由もなくなる。

メンバーの一人が女。

意外は意外だったが、だからといって真相究明のヒントが見つかったわけではない。

むしろ今回は、おれたちのほうが裏をかかれた。

おれは顔を上げ、深く息を吐いた。暗い部屋の窓から差し込む月明かりの中で、白い煙がゆらゆらと泳ぐ。

そのとき、スマホが振動した。

——いま帰った。

茉百合からのＬＩＮＥだった。無事着いたようだ。おれから連絡しておくべきだったと、いまさらながら後悔する。家に着いたら教えろよとか、気をつけて帰れよとか、上司として思いやりを示す言葉はいくらでもあったはずなのに。

おれは自戒しながら返信する。

——お疲れさま。いろいろあったけど、おまえが悪いわけじゃない。また明日。

即座に既読がついた。返信はないので、やりとりはひとまずここで終わりか。

スマホを置いて、煙草を吹かす。

中空に描かれる不規則な煙の模様を眺めながら考えた。

最悪なことに、おれの推理は的中した。〈ロメロ〉はいま、おれのネトカノたちを狙っている。小堀美里はおれのネトカノ〈ミサト〉だったと考えて間違いない。

ネトカノたちが突如メンヘラ化したのは、おれの正体を探るためであり、おまえの存在に気づいているぞという、〈ロメロ〉からのメッセージだった。

やつらの正体はわかっている。

学生の倉野博嗣、ソフトウェア会社勤務の門田春男、そして残る一人だけ身元はわからないが、女。この三人が〈ロメロ〉。

正体もわかっているし、やったこともわかっているのに、証拠が見つからない。それだけに、小堀美里のアパートに踏み込めなかったのは痛い。大家から小堀美里のスマホに連絡が行ったことで、おれたちが〈ロメロ〉の正体に迫っているのも、やつらに知られてしまった。連中は危険因子を「消す」ためにも、おれたちの正体を突き止めようと躍起になる。

おれはスマホを手に取り、〈サヤカ〉でログインした。〈ロメロ〉のメンバーの投稿を確認しようとしたが、アクセスできない。〈ロメロ〉からブロックされていた。さっきの件でさすがに危機感を覚えたか。

過去の投稿についてはスクリーンショットで保存しているから問題ないが、これで今後の〈ロメロ〉の動向をSNSから探るのは不可能になった。〈ロメロ〉と思われる三人の相互フォローのページに飛んでみたが、こちらもブロックされていた。舌打ちが漏れる。

〈ロメロ〉としても〈サヤカ〉の動向が気になるはずだ。にもかかわらず〈ロメロ〉のアカウントだけでなく、メンバー全員のアカウントまでブロックした。それはつまり、〈サヤカ〉以外にもその正体につながる糸口をつかんだと解釈できる。やはり連中はジヨンからネトカレの〈KENTA〉について聞き出したのだ。

ネトカノたちの安全のためにも、〈KENTA〉から彼女たちへのフォローを解除すべきか考えたが、たぶんいまさら遅い。こちらが〈ロメロ〉の投稿のスクリーンショットを保存したように、向こうもネトカノの投稿をなんらかの手段で保存しているだろう。〈ロメロ〉が次に誰を狙うのか見当もつかない以上、下手にフォローを外さないほうがいい。

おれたちの推理が正しければ、〈サヤカ〉と間違われたジヨンに続き、〈ミキ〉、〈景織子〉、そして〈ミサト〉、現段階ですでに四人のネトカノが狙われたことになる。三人で連携しての犯行とはいえ、おそるべき身元特定のスキルだ。同業だったらさぞ脅威となっただろう。

いや、いまのほうが脅威だ。

やつらは人を殺している。

どうする。どう動く。

おれはマルボロの煙を吸い込んだ。飲み物がないので、口の中に少しざらつく感触がある。

すべてを吸い終わる前に空き缶に吸い殻を落とし、台所の水道から水を直飲みした。濡れた口もとを手で拭う。

どうするのがベストか、本当はわかっていた。

〈ロメロ〉の狙いはおれだ。おれを誘い出すためにネトカノたちを狙い続けている。おれが名乗り出れば、おそらく犯行も止まる。

問題はどういう方法で、連中にコンタクトするか。

連中の餌食になったと思われるネトカノにDMを送るか。それとも倉野か門田にアポイントなしで突撃するか。

前者だと向こうのペースになるので面会方法や場所など、言うなりになるしかない。相手が三人組だと考えればかなり危険だ。なにしろ〈ロメロ〉の目的は交渉ではない。邪魔者を消すことだ。

ならば後者はどうか。倉野か門田、どちらかの住まいか職場を予告なしに訪ねる。相手の意表を突けるのは間違いない。だがそれだけだ。突然訪ねてきた相手に「あなたは人を殺しましたか」なんて質問されて、素直に認める殺人鬼はいない。知らぬ存ぜぬでやり過ごした結果、連中は労せずしておれの個人情報を手に入れる。そうなってしまえば、いつだって殺せる。いずれにせよアウトだ。

もはや自分の生命を顧みていられる状況ではないということか。

だが怖い。会ったこともない若い女たちが殺人鬼に狙われ、犠牲になったのは、すべておれのせいだ。おれに責任がある。おれに生きている価値なんかない。この先人生が上向く見込みすらないのだから、どうなってもかまわないと考えもする。妻子には逃げられた。借金は減らない。というか、借金を返して人生を逆転しようという気概がない。就活生の裏アカを特定して前途ある若者の未来を潰すのが仕事の、社会のダニみたいな男。それがおれだ。

そんなおれでも、命は惜しい。死ぬのが怖い。他人の死の原因を作っておきながら、自分はのうのうと生きながらえたいと願っている。

なんとか〈ロメロ〉の殺人の証拠をつかみ、警察に動いてもらえればと期待したが、甘かった。

そろそろ決断のときかもしれない。おれは屑だが冷血漢ではない。自分のせいで誰かが殺され続けるのは、耐えられない。

〈ロメロ〉に連絡しよう。

おれは両手で自分の頬を叩き、充電器につなぎっぱなしにしていたスマホに向かった。

そして怪訝の念とともに目を細めた。

数件の通知が届いていたのだ。

――なんの話ですか？

――おっしゃっている意味がわかりません。

──あまりしつこいと警察に通報します。

──一度会って話をしましょう。

これはいったいなんだ？　ＳＮＳの更新通知のようだが。

おれはスマホのロックを解除し、ＳＮＳのアイコンをタップした。

が、ログインできない。たしか最後は〈ＫＥＮＴＡ〉のアカウントでログインしていたはずだが。

なにかの不具合かと思い、別のアカウントに切り替えてみる。

普通にログインできた。ふたたび〈ＫＥＮＴＡ〉でログインしようとしたが、上手くいかない。

どういうことだ。

しばらく考えてある可能性が浮かび、背中に冷たい感触が滑り降りた。

「嘘だろ……」

ＬＩＮＥにメッセージを入力しようとして、思い直す。メッセージじゃダメだ。通話履歴から茉百合に電話をかける。

十秒ほどの呼び出し音の後で、応答があった。

『もしもし。どうしたの』

どうしていつもと同じなんだ。どうしていつもと変わらない声で応答できる。

もともと通じ合っていたわけじゃない。秘密を抱えていると知りながら、あえて探ろうとしなかった。

それでも、本格的になにを考えているのかわからなくなった。

「〈KENTA〉のアカウントでログインできないんだが」

『え。本当に?』

「とぼけるな。おまえがパスワードを変えたんだろう」

一瞬の沈黙こそあったものの、茉百合はあまりにあっさりと認めた。

『うん。変えた』

なにかの手違いであってほしいと願いつつ、でもそんなことはありえないとわかってもいた。

ほかのアカウントではログインできるのに、〈KENTA〉だけログインできない。しかも何者かとやりとりしているらしい、DMの通知。

茉百合にアカウントを乗っ取られた。

――もしかして〈KENTA〉のパスワードも、そのどっちかなの?

――まあ……な。

――ダメじゃない。

茉百合との会話を反芻《はんすう》し、本当にダメなやつだと思う。囮アカとパスワードを共通にしていたせいで、簡単に乗っ取られてしまった。

だが、茉百合が〈KENTA〉を乗っ取る意図が読めない。

「なんのために」

『そんなの、知ってどうするの』

「〈ロメロ〉と会うつもりだな」

茉百合は〈KENTA〉のアカウントから、〈ミサト〉にDMを送ったのだろう。いまおれのスマホに届いていた通知は、それにたいする〈ミサト〉からの返事だ。

〈ミサト〉こと小堀美里のスマホは〈ロメロ〉の手中にある。つまり〈ミサト〉からのDMは〈ロメロ〉からのメッセージだ。茉百合は〈ロメロ〉と直接連絡を取った。

〈ロメロ〉の返信内容から推察すると、こちらの手の内をすべて明かしたように思える。おれの想像する茉百合からのDMはこうだ。

――あなたたちの正体を知っている。

――何の話ですか？

――〈ロメロ〉……こう言えばわかるかな。

――おっしゃっている意味がわかりません。

――〈ロメロ〉っていうのは三人の殺人鬼のユニット名？ みたいなもの。あなたたちは小堀美里さんのアパートに押し入り、彼女を殺害、奪ったスマホからこのアカウントにDMした。

——あまりしつこいと警察に通報します。

——かまわない。むしろそうしてくれたほうが通報の手間が省ける。

——一度会って話をしましょう。

ディティールは異なっても、おおまかな流れは間違っていないはずだ。おそらくこれ以降もやりとりは続いただろうが、茉百合がパスワードを変更してアカウントを乗っ取ったため、おれには通知が届かなくなった。

『やっとここまで来た』

「最初からこれが狙いだった……のか」

でなければ、自分の未来を潰した相手の下で、しかも給料すら支払われる保証もない状況下で働く意味がない。道連れを増やしたい、などという対象すらはっきりしない漠とした怨嗟《えんさ》などでは、人の執着は長続きしない。

『そういうこと』

「ってことは、きみは殺人鬼の存在を最初から知っていたことになるな」

『まあね』

〈ロメロ〉を発見してからの並々ならぬ執念深さは、「あるかもしれないもの」を捜していたからではなく「あるはずのもの」を捜していたから。人知れず遂行され闇に葬られる殺人は、茉百合にとって「あるかもしれない」ではなく「間違いなくあるもの」だった。茉百合にとって殺人鬼は確実にどこかに存在していた。

「きみの目的が殺人鬼を捜すためということはわかった。解《げ》せないのは、この期に及んでどうしておれを閉め出す必要があるのか、だ。きみ自身が悪さを働いているのなら理解できるが、おそらくそうではない。きみは殺人鬼と対決しようとしている。一人よりは二人のほうが心強い」

『社長がいたって心強くない』

「頼りない自覚はあるが、そこまでストレートだとやはり傷つく」

　ふっ、と小さな笑いの気配がする。

『本物の探偵の真似事はいやだって言ってたじゃない』

「言った。とはいえ乗りかかった船だ。最後までやる」

『無理しないでいい』

「無理はしていない」

『無理してるよ。社長は逃げる人。立ち向かう人じゃない。これは悪口じゃない。現実から逃げるのも、立ち向かうのも、どっちも正解。性格と人生への向き合い方が違うってだけ。逃げる人が無理に立ち向かう必要はない』

「きみは立ち向かう人なんだな」

『ちょっと気障《きざ》な言い回しになっちゃったけど、そうなる』

「〈ロメロ〉はきみの過去に関係しているのか」

『関係してなきゃ捜さない』

ごもっともな返答だった。もっと踏み込んでみる。

「〈ロメロ〉はきみの大事な人を殺した。具体的にはきみのお母さんを殺した。違うか」

茉百合が押し黙る。図星のようだ。

〈ロメロ〉の最初の犯行は、およそ二年前。更新の途絶えた〈ロメロ〉の相互フォロワー五人のうち、四人まではさかのぼって身元を突き止めた。だが一人を残した段階で、茉百合は調査方針の転換を提案した。四人の共通点が見えないので〈ロメロ〉の正体を探る手がかりが見つかりそうにないという説明はじゅうぶんに納得できるものだったが、茉百合には最初から調べるつもりなんてなかった。彼女には最初の被害者がわかっていた。むしろ最初の被害者を知っていたからこそ、〈ロメロ〉の調査に執念を燃やした。

茉百合は〈ロメロ〉の捜索に並々ならぬ執念を燃やした。おそらくは、彼女にとって大事な存在が標的にされたからだ。

たしか茉百合の母親が死んだのは、〈ロメロ〉の最初の犯行と同じころだった。

ややあって聞こえてきた声は、かすかに震えていた。

『違う』

「違わない。きみは母親を殺した犯人を捜すために――」

『違う。あの人は私を捨てて、一人だけ幸せになった。私にとって大事な人じゃない』

「だったら、きみが危険を冒す必要はない。警察に任せろ」

『まだそんなこと言ってるの。警察なんか信用できない。これまででよくわかったでしょう』

「おれも一緒に行く」

『来なくていい』

「どうして」

言い終えた後で、こんな押し問答を続けていたら一方的に通話を切られて終わるなと直感した。

「〈ロメロ〉とのアポは取れたか」

『取れた。これから会う』

「どこで？」

『わざわざアカウントを乗っ取ってまで社長を閉め出したのに、教えるわけない』

「いや。きみは話したいはずだ。自覚はないかもしれないが、本心ではそう思っている」

『なにそれ。急にカウンセラーみたいこと言い始めて。ガラじゃないからやめたほうがいいよ』

からかうような、笑いを含んだ口調だった。

「自覚はある。ガラじゃない。ガラじゃないことをしてまで、きみの力になりたいという努力だけは認めてくれないか」

『認める。続けて』

「おれの電話に出たのが、その証拠だ。おれを頼りにしていないし、なんの期待もしていないはずなのに、きみはおれの電話に出た。おれの助けを求めているからだ」

『それは違う』と、茉百合は笑った。

『助けを求めてるわけじゃない。私は〈ロメロ〉を捜してた。〈ロメロ〉っていう名前すらも知らなかったけど、殺人鬼を捜してた。そのために社長を利用した。騙してたし、嘘もついた。でも、一緒に過ごした時間のすべてが、嘘だったわけじゃないから。楽しいときもあった。だから最後に、声を聞いておきたかった』

「最後って、今生の別れでもあるまい」

沈黙から伝わってくる明確な拒絶に、おれは思わず息を呑む。

『これまでお世話になりました。元気でね』

結局、一方的に通話を切られた。

おれはスマホを耳にあてたまま、しばらく呆然としていた。

どうすればいい。茉百合はこれから〈ロメロ〉に接触すると言っていた。今晩中に、ということだろう。時間がない。

そもそも〈ロメロ〉に会ってどうする。

自らの手で母親の復讐《ふくしゅう》を果たそうとしている？

大事な人じゃないと言っていたが、そうでなければここまで執着する理由がない。

茉百合にとって母親への感情は愛憎相半ばといったところなのだろう。

だが相手は三人。多勢に無勢で、殺されに行くようなものだ。

もしかして殺されに行くつもりか——？

これまで巧みに隠蔽されていた〈ロメロ〉の犯行をたしかなものにし、逮捕のきっかけを作る。

……さすがにそれはない。

そしてなぜ、アカウントを乗っ取っておれを閉め出したのか。いくら頼りにならないとはいえ、いないよりはましだろう。彼女のボディガードとは言わないまでも、弾よけぐらいの役割は果たせる。たんにおれを巻き込まないための配慮だろうか。

わけがわからない。わけがわからなすぎて、投げ出したくなる。

だがダメだ。いま考えるのをやめたら、きっと一生後悔する。

こぶしで額を軽く殴る。

そのとき、座卓の上のノートPCが目に入った。取りに戻ってくるつもりだったが、小堀美里を救えなかったショックでそのまま帰宅したため、置きっぱなしになったものだ。

本当にそうなのか？

茉百合がすべてを見越した上で、あえてここに残していった可能性はないか？

口ではあんなことを言っても、おれのことを信頼してくれていて、自分になにかがあったときのためにメッセージをおれに託した。あるいは〈ロメロ〉とどこで接触するかの手がかりを残した。おれがそれを見つけ、助けに来てくれるのを期待している。

彼女に見限られたと思いたくないがゆえの、あまりに自分本位な考えかもしれない。

だが、どんな人間にも救いは必要だ。

おれは自分勝手な希望にすがってみることにした。

茉百合のノートPCを起動する。

PINコードの入力画面が現れた瞬間、おれは顔をしかめた。PINコードとは個人識別のために使用するいわゆる暗証番号だが、画面には五桁の数字入力を求める表、示があった。五桁かよ。ＰＩＮコードは任意で十桁まで増やせるが、デフォルトの四桁のままというユーザーがほとんどだろう。四桁ならば生年月日など、ある程度推測しやすいのだが。なにしろおれは、茉百合の採用調査を担当している。彼女の個人情報の記載されたエントリーシートや履歴書などはまだ手もとにあった。

五桁。五桁の暗証番号を設定するなら、どういう数字にするだろう。誰かの誕生日では桁数が合わない。ならばなんだ？　郵便番号は七桁、彼女の住所の番地、それともなにかの語呂合わせ？　灰原茉百合。名前は語呂合わせに向かなそうだ。

何度か思いつきで入力しては弾かれ、を繰り返し、おれはいったん手を止めた。闇雲に入力するのは危険だ。ロックがかかる恐れがある。

おれは自分のノートＰＣを開き、彼女のエントリーシートと履歴書を見返した。間違いなく茉百合だ。けれども不思議なことに、まったく知らない誰かの経歴を読んでいるような錯覚に襲われた。いくら茉百合でも、就活では自分を偽る。おれの知る茉百合とは違う。これは本当の茉百合ではない。たぶんここにはヒントはない。そう直感した。

その前に──おれはＳＮＳを開き、囮アカの〈Ｍａｍｉ〉でログインする。

検索窓に〈はるにゃん＠残業中〉のＩＤを入力し、門田の表アカのページを開いた。よかった。手紙のアイコンが表示されている。ＤＭを受け付けているというしるしだ。

アイコンが非表示だったら、いっさいの連絡手段が断たれる。相互フォローでないので相手が目を通すかはわからないが、送らないよりマシだろう。

——彼女に危害を加えたら警察に通報する。

続いて倉野の表アカを開き、同じことをした。〈サヤカ〉でブロックされてしまったので裏アカしか判明していないもう一人に連絡する手段はないが、三人で情報が共有されているのなら、早まったことはしないはずだ。

次におれは、茉百合のSNSページを開いた。

その瞬間に閃きが弾ける。

「みなしごハッチだ」

そうだ。『37458』。幕張メッセのライブで感動したと綴《つづ》っていた、RADWIMPSの曲。茉百合にとって思い入れの深い、大事な曲なんじゃないか。

茉百合のノートPCに入力してみる。

『3』、『7』、『4』、『5』、『8』——。

当たりだった。

ホーム画面に切り替わる。

さて、ここからどうするか。

ホーム画面の壁紙はデフォルトのままのようだ。ヒントはない。画面上に並んだアイコンの数も少なく、ほとんどが最初から入っていたソフトだと思われる。

ブラウザを開いた。メニューバーには動画サイトやSNSのアイコンが並んでいる。

まず『37458』の歌詞を検索してみる。

㊙アカのプロフィールにRADWIMPS好きと表記しておきながら、曲を聴いたことはない。当然ながら、歌詞を読むのも初めてだった。

読みながら、おれは長い息を吐く。

もっと早くに目を通していれば、茉百合という人間を理解できたかもしれない。人間のすべての行動には理由や原因がある。無意識下に選んだような趣味でさえも。少なくとも、歌詞を読んだおれにはそう思えた。

『37458』の歌詞の内容は、強権的な父性にたいするアンチテーゼだった。酔って暴力を振るうような父のもとで、高校を卒業して自由になるタイミングをひたすら待ち続けた少女がこの曲に心を動かされたのは、けっして偶然ではない。

ともかくこのPCからなら、本体にパスワードが記憶されており、茉百合の裏アカを見ることができるかもしれない。

おれはSNSのアイコンをクリックした。表アカウントのホーム画面が開く。アイコンを切り替えるために、茉百合のアイコンをクリックした。

「……は？」

おれは固まった。

表アカの〈まゆり〉、裏アカの〈ゆうな〉、その下にもう一つのアイコンが表示されていた。〈めも〉と名付けられていて、アイコンは真っ白だ。

〈めも〉をクリックし、開いてみる。フォローもフォロワーもゼロ。名前通り個人的な備忘録として使っていたアカウントのようだ。

タイムラインの冒頭には、こう書いてあった。

――さっきはごめん。でも本当に、助けを求めていたわけじゃない。これは私たち家族の問題だから。最後に声を聞いておきたかった。いままでありがとう。なんだかんだ言って楽しかった。

これは明らかにおれにたいするメッセージだ。投稿されたのはおよそ十五分前。おれとの通話を終えてすぐのタイミング。やはり茉百合には、話を聞いてほしいという願望があったんだ。いっぽうで、おれを巻き込みたくないとも考えていた。だから電話では冷たく対応し、本心をこのアカウントに書き込んだ。

隠したい。けれども知ってほしい。そんな複雑な感情のはけ口として作られたのが、このアカウントかもしれない。

「それにしても……」

私たち家族の問題って、なんだ。茉百合の母親が〈ロメロ〉に殺されたのではと想像していたし、押し黙った茉百合の反応を、図星を突かれたせいだと解釈したが、違うのだろうか。この書き方だと、ただの被害者という雰囲気ではない。

その疑問は、少し画面をスクロールさせただけで解消した。

——小堀美里のアパートに踏み込もうとしたところで本人を名乗る女から大家に電話があった。〈ロメロ〉の三人のうち、一人は女。やっぱりお姉ちゃんだ。

この投稿を見たおれは、しばらく呼吸をするのも忘れていた。

お姉ちゃん——。

そういえば両親の離婚の際、母親は姉を連れて家を出たと話していた。茉百合には姉がいる。その姉が〈ロメロ〉だというのか。

だとすれば、おれを閉め出した行動も理解できる。

茉百合は〈ロメロ〉に復讐を企てているのではない。妹として、これ以上の犯行を止めようとしている。その話し合いの場に、他人であるおれを介入させたくなかった。

だが、実の姉といっても連続殺人鬼だ。はたしておとなしく話し合いに応じるだろうか。この投稿をおれの目に触れさせたということは、茉百合はたんに犯行を止めるのではなく、自首を勧めるだろう。どう見積もっても極刑は免れない。平気で何人も殺してきた女が、素直に説得に応じるとは、到底思えない。茉百合が小五のときに家を出たと言っていたから、十年以上は離れて暮らしている。その間、音信があったかは定かでないが、十年という月日は、人間が変わるにはじゅうぶんすぎる。

やはり一人で会いに行くのは危険だ。けれど、そう考えるのは、おれが赤の他人だからだろう。茉百合にとっては血のつながった姉で、話せばわかってもらえるはずの相手なのだ。そう信じているというより、信じたい思いが強いのだろう。

だから、おれを閉め出した。他人が介入すれば、茉百合の身の安全の確保を最優先する。〈ロメロ〉に接触するにしても万全の警備体制を敷いた上で行い、相手が自首を拒めば実力行使で身柄を確保できるような準備を整える。それが嫌だった。

それでもこの投稿をおれに見せたということは――能動的に『見せた』わけではないが、投稿を削除するなり、見られないよう策を講じるのは可能だったと考えれば、『見せた』と解釈してかまわないだろう――心のどこかで姉にたいする疑念や恐怖があり、おれに救いを求めたということにならないか。

なんとかしなければ。

いまにも部屋を飛び出して茉百合を捜し回りたい衝動に駆られるが、闇雲に動いても時間を浪費するだけだ。ネット探偵はネット探偵らしく、まずは情報収集に専念しよう。

〈めも〉のタイムラインをさかのぼってみる。

――門田の後をつけてみたら倉野のアパートに入っていった。同じ部屋にお姉ちゃんがいるかもしれないと思うと、怖くて逃げ出してしまった。そういう心情があったらしい。

小堀美里のアパート前から早々に立ち去った背景には、姉の行方を捜していたのはたしかだが、気持ちはわからないでもない。殺人鬼となった姉の行方を捜していたのはたしかだが、いざ見つけたら尻込みしてしまったということか。怖いもの知らずで物怖《ものお》じしない印象だったが、それは茉百合の一面に過ぎない。

――ロメロの相互フォロワーでなぜか三人は無事で、三人よりも後にロメロをフォローしたジヨンさんが狙われた。おそらく、ロメロは三人組だ。

投稿時期を確認すると、十日ほど前だった。ソユンからの依頼を受けてほどなく、という時期だ。なんてことだ。茉百合は最初からすべてを見透かしていた。おれは茶番に付き合わされたのか、それとも手の平の上で転がされたのか。いずれにせよ、とんだピエロだ。

さらにさかのぼる。

――どうして私が不採用になったのか、首都テレビの安田を問い詰めた。SNSの身上調査をやっていて、裏アカを特定する業者にデリの源氏名でやってるアカウントが見つかったらしい。鍵アカなのになんでだろ？　会社名を聞いたから調べてみる。

もしかしたらお姉ちゃんを捜すのに役立つかも。

このへんはおれに話していた通りの経緯だ。茉百合は〈ロメロ〉――というか実姉捜しのため、ほぼ無給奉仕のようなかたちでうちで働き始めた。

だが、なぜ裏アカ特定が姉捜しの役に立つのだろう。

画面をスクロールさせる。ここから先は、おれと出会う前の茉百合だ。

おれの知らない茉百合は、どうやら孤独な戦いを続けていたようだ。

——お客さんからお姉ちゃんが吉原のソープにいるって聞いて問い合わせてみたけど、相手にしてもらえなかった。本当に生きてるのかな。

——渋谷のクラブでお姉ちゃんらしい人を見かけたという情報はたぶんガセ。聞き込みしてたらヤバい男たちに拉致られそうになって焦った。

——お店の女の子たちの情報では、お姉ちゃんは美人だったけどリスカの痕がすごくてお客さんをドン引きさせていたらしい。やっぱり小林《こばやし》に壊されたんだ。お姉ちゃんが悪いんじゃない。

小林というのは、誰だ。過去の投稿に答えは隠されているのだろうか。

ここまでの投稿を読む限り、茉百合の姉も風俗店で働いていたようだ。

と、ふいに後頭部を鈍器で殴られたような衝撃を受けた。

茉百合は姉を捜すために自らも風俗店で働くようになったんじゃないか。父親の虐待や経済難が理由ではなく。

おれはとんでもない過ちを犯してしまったのかもしれない。茉百合は自分を知ってほしい、救ってほしいと願ったのではなく、真実を知らせることでおれを罰しようとしたのかもしれない。そんなふうにすら思えてくる。

だが待て。なぜ姉捜しにここまで手間取る。かりに連絡先がわからなくなったとしても、名前だってわかっているはずだし、わざわざ風俗店に潜入してまで捜査する必要があるのだろうか。

その答えは、次の一連の投稿にあった。

――住民票に書いてあったマンションに行ってみた。谷口《たにぐち》ひとみという人はそこには住んでいなかった。現住人はもう十年近く同じ部屋に住み続けているって言ってたから、最初からデタラメだったんだと思う。振り出しに戻る。

――店長の目を盗んで事務所に保管してあったお姉ちゃんの履歴書と面接のときに撮ったらしい写真を見た。顔は確かにお姉ちゃんだけど名前が違う。谷口ひとみと名乗っていたようだ。うちの店が警察に摘発されるという情報が流れたことがあって、ちょうどそのタイミングで来なくなったらしい。たぶんデタラメだと思うけど、今度訪ねてみよう。

――いつもお姉ちゃんを指名していた常連さんに話を聞くことができた。父親は会社の社長だったから実はお嬢さまなのよと、冗談めかして話していたようだ。そこまではたぶん本当の話。でも、両親は交通事故で死んだと説明していたらしい。

——出勤初日。めちゃくちゃ緊張した。待機所で先代の『ゆうな』について話を聞きまくったら、どうして辞めた女の子のことをそんなに気にするのかと怪訝そうにされた。でも、姉妹だと気づかれることはなかった。素顔がわからないように濃いメークをしていたせいかな。

読みながら苦しくなってくる。茉百合の過去を知ることは、おれにとって自分の罪の重さを知る作業に等しかった。

茉百合の姉は身分を偽って生活しているようだ。だから風俗店で働いていたのかもしれない。身元の照会を行わない、行ったとしても不十分なことが多いため偽名で働くことができ、給料は日払いなのでいざとなったらすぐに飛べる。

両親は交通事故で死んだ、というのは虚偽なのだろう。茉百合の話では、母親は二年ほど前に死んでいる。死んだのは母親だけではなかった、ということだろうか。茉百合にとって母の再婚相手は赤の他人だから、言及しなかったとしてもおかしくはない。

ということは、両親が死んだというのは本当。交通事故というのは嘘。二人とも同じ時期に亡くなったのだろうか。およそ二年前という時期は、〈ロメロ〉の最初の犯行と重なる。

茉百合の姉が実の母と、継父を殺した？

その後、身分を隠して逃亡を続けている？

継父の経営する会社はたしか、板橋だった。夫婦二人が殺された事件であれば大きく報道されただろう。同じような事件もそう多くはないはずだ。

おれは新たなタブを開き、検索窓に二年前の西暦と『板橋』、『殺人』と入力した。

目当ての記事はすぐに見つかった。

板橋区内の一戸建て家屋で火災が発生し、消防による懸命の消火活動も虚《むな》しく家屋は全焼、焼け跡からその家に住む夫婦と思われる遺体が発見された。

亡くなったのは会社経営者の小林隆造《りゅうぞう》とその妻・康子《やすこ》。

『小林』が登場した。板橋、会社経営、死亡時期などから考えても、記事中の康子が茉百合の母親と考えて差し支えないだろう。

同居中の大学生の娘の行方がわからなくなっているとも記されていた。これがおそらく茉百合の姉か。

茉百合の姉は両親を殺害し、自宅に放火、その後行方をくらませた。いまもなお逃亡を続けていて、茉百合はその行方を捜しているということだろうか。

茉百合の姉はなぜ両親を殺した？

茉百合の話では、小林によって「けっこういい暮らし」をさせてもらっていたというが。

だが〈めも〉のタイムラインには姉が「小林に壊された」とも書かれている。経済的に恵まれていても、愛情には恵まれない家庭だったのか。

ふいに、茉百合の言葉がよみがえる。

――そりゃそうかもしれないけど、幸せってそれだけじゃないでしょう。

――パパ活男だけはぜったいダメだと思うけど。

――子どもに性欲を向けるなんてキモすぎる。

そういうことか。バラバラだったピースが組み合わさり、おれは痛ましさに瞑目《めいもく》した。

世の中には連れ子目当てに再婚する屑が存在するらしいが、小林という男はその手合いだったのかもしれない。

〈めも〉のタイムラインに戻って見返してみると、その裏付けになるような投稿が散見した。

――自分だけ幸せになってずるいと思っていたけど、私にはなにも見えていなかった。もっと早くに、お姉ちゃんの苦しみに気づいてあげることができていれば。

――あなたは幸せになって。最後に電話したときのお姉ちゃんの声が忘れられない。当時まだ高校生で、お姉ちゃんと離れて暮らしていた私にはどうすることもできなかった。でも、いまなら力になれる。

——首都テレビの安田に内定を約束させた。口は臭いし弛《たる》んだ腹は醜いし、本当に気持ち悪かったけど、これで就活終了。しばらくお姉ちゃんの捜索に専念できる。

茉百合を知れば知るほど、おれの自己嫌悪は深くなる。彼女の行動に隠された背景や意図を、まったく考えもしなかった。ただ欲望に忠実な合理主義者だと思っていた。それでも目を背けてはいけない。このタイムラインに目を通すのは、おれにとって義務に近いかもしれない。

——お姉ちゃんと連絡が取れなくなった。仲間がいるから大丈夫って言ってたけど、本当に信用できる人たちなのかわからない。闇サイトで知り合ったなんて、お姉ちゃんを助けたいというより、人を殺してみたかっただけじゃないか。

倉野・門田と茉百合の姉は、闇サイトで知り合った。人を殺してみたいという願望を抱く倉野・門田と、両親を恨んでいる茉百合の姉の利害が一致し、犯行に至ったということらしい。

——お姉ちゃんは風俗をやってるようだ。どうやって暮らしてるか訊ねたら答えを濁されたのでしつこく追及したら、白状した。お店の名前までは教えてくれなかったけど、歌舞伎町のデリヘルらしい。どこのお店か調べてみよう。

——お姉ちゃんがあんなことをしたのには、私にも責任がある。小林からひどいことされてるのを知ってたのに、助けてあげられなかった。

――お姉ちゃんから連絡が来た。私のところにも警察が来たって話したら、迷惑かけてごめんって謝られた。自首したほうがいいと思ったけど、言い出せなかった。ここにいろいろ思いを吐き出していくことにする。

スクロールが止まる。これが〈めも〉の最初の投稿らしい。それほど文章量が多いわけではないし、頻繁に投稿されてもいなかったが、読み終えた後は座っているのもしんどくなるような虚脱に包まれた。

茉百合はずっと姉と連絡を取り合っていた。

経済的に恵まれた環境にある姉をうらやんでいたし、〈めも〉の投稿によれば、妬ましく思う部分もあったようだ。ところが、姉は義父から性的な虐待を受け続けていた。母親がその事実を把握していたのかは定かでない。茉百合の母について言及するときの様子を思い返すと、小林と一緒に殺されて当然とでも考えていそうな冷淡な口調だった。気づいていたのかもしれない。気づいていながら、経済的に豊かな暮らしを手放したくなくて目を瞑った。母がそういう姿勢であれば、離れて暮らす妹に姉を救うのは難しい。姉の地獄は彼女が大学生になるまで続いた。

大学生にもなれば実家を出て自活するなど、継父の呪縛から逃れる手段はいくらでも思いつきそうなものだが、長い期間、継父の支配下に置かれていた茉百合の姉にとって、継父の存在を排除することでしか、その先の未来が拓《ひら》けないと考えたのだろうか。

闇サイトで知り合った倉野・門田と共謀し、両親を殺害。その後は素性を偽って風俗で働くようになった。倉野・門田がそれまでとなんら変化のない社会生活を営んでおり、なに一つ失っていないことを考えれば、茉百合の疑念も当然と言えるだろう。倉野と門田は茉百合の姉を利用し、自らの殺人願望を叶えた。殺人容疑は茉百合の姉だけに押しつけている。

そう考えると、その後の連続殺人も倉野と門田によって主導されている可能性が高い。とはいえ、茉百合の姉も一味には違いないだろうから、情状酌量にはほど遠いかもしれないが。

ともかく、なぜ茉百合がおれの下で働きたいなんて言い出したのか、最後になっておれを閉め出すような真似をしたのかがはっきりした。女子アナとして華々しく活躍する未来が待っていたはずの彼女が、風俗で働いていた理由についても。〈ゆうな〉という源氏名は、同じ店で茉百合の姉が使っていた名前だった。姉と同じ名前で勤務することにより、姉の馴染み客の指名を獲得し、情報を引き出そうとしていたのか。やはりなんとしても、茉百合を助けないとならない。

だが、どうやって？

茉百合は〈ＫＥＮＴＡ〉を通じて〈ロメロ〉とＤＭでやりとりしている。面会場所については、その中で決めているのだろう。アカウントは乗っ取られており、その内容を確認することはできない。表、裏あるいは〈めも〉の投稿にヒントが隠されているのだろうか。その可能性は低い気がする。茉百合のほうから面会を求めたのであれば、場所は相手が指定してくるだろう。あるいは、最初は適当な場所を指定し、遠くから見て一人かどうかを確認した上で、本当の面会場所を伝えて誘導するようなプロセスを踏むかもしれない。相手は中尾敦美以外の犯行を露呈させることなく、何人もの生命を奪ってきた殺人鬼グループだ。

だとすれば、おれが〈Ｍａｍｉ〉から送ったＤＭについても放ってはおかない。ＤＭに気づいたら、即座にリアクションを起こすはずだ。

早く気づけ。早く。

おれはスマホに向けて念を送った。

その思いが通じたわけではないだろうが、スマホが震え、液晶画面にＤＭ受信を伝えるポップアップが表示される。

——なんの話ですか？

門田からのＤＭだった。

まだとぼけるつもりらしい。ＤＭ上で犯行を認めるようなメッセージを送ると、それ自体がデジタルタトゥーとして証拠にされてしまうおそれがあるからだろう。

おれはスマホを手にし、即座に返信した。

――きみたちの身元も、犯行も、すべて把握している。

メッセージを送ると、すぐに相手のメッセージが入力中であることを示す、三つのドットが左から順に膨らんで萎むアニメーションが表示される。反応が早い。相手もきっと焦っている。

十秒も経たずに返信があった。

――どちらさまですか？　人違いでは？

人違いではない。どこまで余裕を保っていられるかな。

おれは核心を突いた。

――門田春男さんですよね。

既読のマークはすぐについたが、さすがにすぐには反応できないようだ。しばらくして、ドットがアニメーションを開始する。

――どういうご用件ですか？

即座にメッセージを返す。

――会って話がしたい。

――なぜですか？

おれはメッセージでなく、画像を送った。茉百合が撮影した、小堀美里のアパートに入ろうとする門田と、扉を開けて迎える倉野の写真だ。

しばらくして門田の返事があった。

──友人のアパートです。そこで先ほどまで飲み会をしていました。

まだしらを切るか。敵ながら徹底ぶりに頭が下がる。

──ＫＥＮＴＡはおれだ。彼女を消しても事件を隠蔽することはできない。

一人で考え込んでいるのか、仲間と相談しているのか、今度はたっぷり五分ほど間が空いた。

──なにをおっしゃっているのかわかりませんが、一度お会いして話しましょう。

こちらに来ていただけますか。

ふう、と長い息を吐く。

〈ロメロ〉との接触という目的は果たせそうだが、それは同時に、自分の生命が狙われるということだ。

おれは指の震えを抑えながら、液晶画面をタップした。

──どこに行けばいい？

〈はるにゃん@残業中〉こと門田から指定された待ち合わせ場所は、江戸川区《えどがわく》の荒川《あらかわ》河川敷だった。駅でいえば西葛西《にしかさい》が最寄りになるのかもしれないが、あいにく終電の時刻は過ぎている。タクシー移動を余儀なくされ、現金が足りなかったためにクレジットカードで支払う羽目になった。クレジットの限度額に余裕があって助かった。

住宅街を抜けて河川敷に入ると、足もとすらおぼつかないほどの暗闇に包まれる。門田からは地図のスクリーンショットが送られていた。河川敷の中に目的地を示す赤い丸が打ってあるものだ。スマホの地図アプリと照らし合わせながら目的地まで進んでみたが、やはりそこにはなにもない。この場所自体に意味があるのではなく、見晴らしのいい場所であることが重要なのだろう。一人で来ているのか、仲間がいないかを遠くから確認している。

——着いた。

メッセージを送り、マルボロに火を点ける。

水の近くだけあって風が冷たい。吐く息の白さは煙草の煙のせいだけではない。おれが煙草を吸い終えるまで、返信はなかった。門田はずいぶん慎重なようだ。二本目の煙草に手をのばそうとしたとき、ようやくスマホが震えた。

——右手に見える橋の下まで来てもらえますか。

さすがに尻込みする指示だった。ただでさえ暗いのに、橋の下にはさらに深い暗闇がよどんでいる。口封じをする気満々じゃないか。

茉百合のためだ。引き返すわけにもいかない。

おれは火を点けた煙草をふかして懸命に虚勢を張りつつ、橋の下まで歩を進めた。ここで背後から襲われたらひとたまりもない。自慢じゃないが、おれは取っ組み合いの喧嘩で勝利したことがない。腕力に訴えられたら、たぶん茉百合以上に脆《もろ》い。

そんなわけでときおり弾かれたように背後を振り返りつつ、もはや虚勢なんてあったものじゃないという感じで歩いていると、橋の下の暗がりからぬっと人影が現れて悲鳴を上げそうになった。

門田だ。年齢はおれと同じか、少し下ぐらいだろうか。全体的に丸く、殺人鬼のイメージとはかけ離れているが、目だけは切れ長で感情がうかがいにくい顔立ちをしている。ともあれ写真で見る印象よりも小柄で安心した。おれよりもやや背が低い。とはいえ、格闘になれば負けるだろうが。

「あなたが本物の〈ＫＥＮＴＡ〉……ですか」

小柄だが何人も殺《あや》めた経験の持ち主だけあって、門田からはいっさいの緊張が感じられなかった。

「そうだ」

かたやおれは声だけでなく、脚まで震えて立っているのがやっとというありさまだ。ビビっているのは確実に門田にまで伝わっている。

「なんとお呼びすればいいんですかね。〈ＫＥＮＴＡ〉は偽名ですよね」

薄笑いを浮かべた門田がこちらに歩み寄ってくる。

おれは思わず一歩、後ずさった。懸命にそこで踏みとどまる。

「潮崎だ」

少しだけ逡巡《しゅんじゅん》したが、本名を口にした。ここで偽名を使ったところでもはや意味はない。

「潮崎さんか」

なにがおかしいのか、門田はへらへらと笑っている。そしておれはビビりまくっている。

「茉百合はどこだ」

「茉百合？　誰ですか」

「とぼけるな。〈KENTA〉のアカウントから、きみたちに会いたいと連絡があったはずだ」

「きみたち？」

「猿芝居はいらない。録音も録画もしていない」

おれは門田にスマホの液晶画面を見せた後、両手を広げて丸腰をアピールした。

発言の真偽をたしかめるように、門田が細い目を糸のようにする。

「ここでの発言は記録されない。どこにも漏れない。遠回りせずに本題に入りたい」

「本当でしょうね」

「茉百合の命はきみたちが握っている。主導権はきみたちにある。バレたらまずくなるのに嘘はつかないし、変な小細工はしない」

門田はしばらく、無言でおれを見つめていた。

するとふいに、背後で土を踏む音がした。

反射的に振り返ろうとしたが、「動くな」とハスキーな声で言われ、動きを止める。背の高い男が、背後からおれの身体をまさぐってきた。

「倉野か。アビコ電算の内定は取れたか」

軽く首をひねって顔を横に向けながら訊いた。

「本当におれたちのことを知ってるんだね。門田さん、こいつ、生かしておいたらまずいんじゃない?」

倉野がおれのジャケットのポケットに手を突っ込み、マンションの鍵をポケットの裏地ごと引っ張り出す。ポケットがぺろんと舌を出したようになった。

「盗聴、盗撮はしていないし、武器も所持していない」

おれの申告は信じてもらえないようで、倉野はそれからもしばらく、おれの身体を念入りにマッサージした。

「あまり変なところは触らないでくれよ。しばらくご無沙汰だから、ちょっとした刺激で反応してしまう」

「気持ち悪いこと言うな」

殺人鬼と言えど、やはりまだ大学生だ。それからはやや遠慮がちな手つきになった。

ようやく倉野の気配が離れる。

おれは両手を広げたまま、門田に声をかけた。

「茉百合を返してくれないか」

「人聞きの悪いことを言うね。彼女は自分から会いたいと言ってきたんだ」

「おれも会わせてくれ。彼女のお姉さんに」

「久しぶりの姉妹の再会だっていうのに、野暮なこと言うなって。二人っきりで話をさせてあげてよ」

そう言ったのは、倉野だった。倉野はおれの尻ポケットから抜き取った財布の中身をあらためているらしい。

「潮崎真人。住所は東京都中野区野方」

保険証か運転免許証の情報を読み上げているようだ。

「本名だったんですね」

門田はやや意外そうだった。

「だから言っただろう。嘘はつかない」

「だったら単刀直入に訊く。ほかに仲間はいるのか」

「いる。おれと茉百合が帰らなければ、そいつが警察に駆け込むことになっている」

「その人の名前を教えてくれませんか」

ぐっ、と言葉が喉に詰まった。

「教えるわけにはいかない」

「じゃあ茉百合さんは死にます」

門田が言い、倉野が付け加える。

「あんたもね」

おれは内心震え上がったが、懸命に恐怖を押し殺した。

「話のわからない連中だな。茉百合に手を出せば、仲間が警察に駆け込む。きみらは終わりだ」

「それは茉百合さんの死体が見つかった場合ですよね」

門田の言葉に全身が粟立った。

背後から倉野の冷たい声が聞こえる。

「あんただって、おれらのやったことを知ってるっていうなら、わかってるんでしょ。死体は一人ぶんしか見つかっていない」

「中尾敦美だな」

「本名はそんな感じだったっけ。アカウント名の印象のほうが強いから」

「〈ジェイソン〉か」

「本当にぜんぶ知ってるんだな」

最初は焦りを覗かせた倉野だったが、いまはおもしろがる口調になっている。

「きみたちは〈ロメロ〉にフォロー申請してきたユーザーを標的にしてきた。タイムラインから身元を割り出し、殺害、その後必要とあれば事件化しないよう工作した」

「それは正確な理解とは言えませんね」と門田が訂正する。

「フォロワー全員を狙ったわけではありません。まず東京近郊に住んでいないのが明らかなアカウントからの申請は承認しませんし、承認後に遠隔地に住んでいるのがわかったらブロックします。あとはタイムラインを確認して、犯行の隠蔽が難しそうなアカウントも標的から除外し、ブロックする。相互フォロワーとして残ったのは、私たちなりに厳選したメンバーです」

たしかに全員が東京近郊在住だった。偶然そうなったのではなく、条件にそぐわないアカウントをブロックしていった結果か。

「〈KENTA〉とつながっていた女たちも殺したのか」

「あんたがさっさと名乗り出てくれれば、あの子たちは死なずに済んだのにな……まあでも、素性も知れない男に個人情報がたっぷりトッピングされた写真を送りつけちゃうような無防備な女どもだから、いずれは誰かに殺されてたかもしれないな。あんただってそう思うだろ？　それとも、あんたも狙ってた？　おれたち、あんたの獲物を横取りしちゃったかな」

おれは鋭く背後を振り返った。

初めて倉野と目が合う。暗がりで瞳がギラギラと輝いていた。履歴書の写真の内向的そうな青年と同じ顔なのに、受ける印象は一八〇度異なる。

倉野は挑発的に顔を近づけてきた。

「あの韓国女、ギャーギャー泣いてたぜ。少しずつナイフで皮を削がれたんだから無理もないがな。痛かったろうな。〈サヤカ〉って呼ばれても最後までわけがわからないって感じだった。かわいそうにな。あんたがあの女の写真を勝手に使って、〈ロメロ〉の素性を探ろうとしたせいで……ほとんどあんたが殺したようなもんだよ」

おれは自らの怒りを鎮めようと奥歯を嚙みしめた。ぎりり、と頭蓋の内側で骨の軋《きし》む音がした。

「どうした。殴らないのか。むかついてるんだろ。ほら、殴れよ」

倉野が自分の頰を平手でパシパシと叩く。

「胃が悪いんじゃないか」

「は？」

「ひどい口臭だ。一度医者に診てもらったほうがいい」

視界に星が瞬き、おれは右頬を地面につけて横たわっていた。左頬を殴られたらしい。

頭を持ち上げようとすると、頭蓋の揺れる感覚があって、右側頭部を地面にしたたかに打ちつける。倉野から頭を踏みつけられていた。こめかみに小石がめり込んで痛い。

「おまえさ、自分の立場わかってんの？」

二度、三度と踏みつけられるたびに、ごっ、ごっ、と鈍い音が頭の内側に響く。

「倉野。やめとけ。ここで殺したら後始末が面倒だ」

「うるせえ。おれに指図するな」

茉百合が当初〈ロメロ〉を倉野の裏アカと睨んだことからも想像がついたが、グループのリーダーは倉野のようだ。

とはいえ、門田も年長だけあって、言いなりではなさそうだ。

「ここで殺したら死体を道路まで運ばないといけないんだぞ。血が飛び散って後始末だって大変だし、人に見られるかもしれないから、拷問だってできずに手早く殺す必要がある。それでいいのか。すぐ殺したいのか」

拷問できないというのは、倉野の暴走を止める効果覿面《てきめん》の台詞らしい。

倉野の全身から発散されていた狂気が薄れるのがわかった。こいつは生粋のサディストらしい。

「立て」

腕をつかんで引き起こされた。

門田が地面に落ちていたおれのスマホを拾い、こちらに差し出してくる。

「ＬＩＮＥかＳＮＳのＤＭか、それとも直接電話するのか。仲間への連絡手段はなんですか」

「教えるわけがない」

門田はいったんスマホの画面をタッチし、ふたたびこちらに向けてきた。しまった──と思ったときにはもう遅い。顔認証でスマホのロックが解除されていた。

おれのスマホの画面をスワイプしながら、門田が眉根を寄せる。

「履歴を削除したのか。ＬＩＮＥも、各種ＳＮＳのＤＭも、通話履歴もゼロだ」

ここに来る途中で念のためにすべてのやりとりを削除した。もうこれ以上、誰かを巻き込むのはごめんだ。

「大丈夫でしょ。爪何枚か剝がしたらしゃべるって」

倉野のちょっとコンビニにでも出かけてくる的な軽い口調が心底恐ろしい。

「そうだな。この場でしゃべらせる必要はない」

門田も頷き、行くぞという感じで道路のほうに顎をしゃくる。

おれは倉野に肩をつかまれ、門田と両脇を挟まれるようにして道路のほうへと歩いた。

堤防をのぼりきると、坂道を下った道路に白いセダンが停車している。

「車に乗るのか」

「近くに家を借りています」

「心配するな。車の中じゃなにもしない。汚れたら掃除が大変だからな」

倉野は新しい玩具《おもちゃ》を与えられた子どものように、目を輝かせている。

「ま、待ってくれ」

おれは後ろに体重をかけて抵抗を示した。

「どうしました？」

「心の準備が……」

周囲を見回してみる。道路を挟んだ向こう側には小学校か中学校と思われる大きな建物、その左右は緑地になっていて、人通りはない。かりに大声を上げて助けを求めても、誰にも届かない。

茉百合の安否すらわかっていない段階で、そんなことをするつもりはないが。

ふいにがくん、と崩れ落ちそうになる。

倉野から膝の裏側を蹴られたのだった。

「行くぞ」

乱暴に肩をつかまれ、歩かされる。

先に坂道をおりた門田が、セダンのリアドアを開く。

この車に乗らないと茉百合には会えない。けれど、この車に乗れば、おれは殺される。

「帰りますか」

門田の問いかけに、倉野は虚を突かれたようだった。

「おれが帰るといえば、帰らせてもらえるのか」

「かまいません。ただし、あなたの彼女さんの身の安全は保証できません」

「彼女ではないんだが」

門田の目が意外そうに見開かれる。

倉野が盛大に吹き出した。

「おまえ、バカじゃないの。恋人でもないやつのために死ぬなんて」

「きみたちにはそもそも自己犠牲の精神が理解できないだろう」

「ええ。おっしゃるとおりです。恋人であろうと、家族であろうと、誰かのために自分の命を犠牲にするなんてくだらない。おれも倉野も、マリもそう考えています」

マリというのが、茉百合の姉の名前だろうか。

「マリは違う。両親への復讐心をきみたちに利用された」

「だからしかたがなかった、彼女はいわば被害者だ、とでも言いたいのですか。その後、何人もの殺人にかかわっているというのに」

「両親への復讐に手を貸してくれたきみたちへの、心理的な負債があったのだろう。きみたちへの感謝の念から、誘いを断れない心理状態に陥った。いわば洗脳に近い状態だった。きみたちに支配されていた」

「あんた、話が長いし理屈っぽいな」

倉野が茶々を入れてくる。

「理屈は論理的思考のたまものだ。論理的思考は、動物の中でも人間のみに与えられた特質であるから、人間らしさの象徴ともいえる。つまり理屈っぽさとは、すなわち人間らしさだ」

「めんどくさ」

「たいするきみたちは衝動に突き動かされて他者の生命を脅かしている。人間らしさからはかけ離れた存在だ」

「はいはい。もういいよ」

倉野が耳に指を突っ込みながら、嫌そうに顔を背けた。

対照的に、門田は議論が嫌いではなさそうだ。

「ときに理屈は自身の正当性を主張するために歪められます。マリは私たちに利用されただけだから悪くない。潮崎さんはそう思いたいのかもしれません。ならば私たちは絶対悪なのですか」

おれは意表を突かれ、言葉を呑み込む。

「私と倉野の殺人衝動にもなにか原因があるのかもしれない。マリについてそう考えるのなら、私たちについても原因を求めるべきではありませんか。なにかしらの原因があって、こうなった。だから私たち自身は悪くない。私たちもいわば、社会の歪みが生み出した被害者だ。そういう理屈なら、世の中に罰せられるべき存在はいないことになる。違いますか」

返す言葉が見つからない。門田の屁理屈に明確な反論をできるほど、おれはマリのことも、門田や倉野のことも、そして茉百合のことだって知らない。

「帰りますか。誰が悪いとか悪くないとかの議論に答えを出すのには、時間がかかります。でも、自分の命がいちばん大事ということだけは、はっきりしている」

「おれが帰ったら茉百合が殺されるんだろ」

「どうなるかは保証できかねます」

「おれがついていっても、おれと茉百合を殺すんじゃないか」

しばらく虚空を見上げた後で、門田が肩をすくめる。

「そうなるかもしれません」

「おれがこの場で仲間の名前を教えたら？」

「潮崎さんを車に乗せて私たちの家まで連れていき、潮崎さんを殺した後で、その仲間を潮崎さんのふりをして呼び出すか、こちらから住まいを訪ねるかして、殺します」

「なにをしても結果は同じだよ。あんたも、あんたの仲間とやらも、死ぬ。あんたに選択権があるとすれば、残り時間が少し長くなるか、さっさと逝くかの二択ぐらいだ」

倉野が愉快そうに耳打ちしてくる。

「あるいは、ここでおれがきみたちを組み伏せてアジトの場所を吐かせ、茉百合を救出する……とか」

おれの言葉に二人は互いの顔を見合わせ、笑った。

「潮崎さん、格闘技の心得でもあるんですか」

「ない」

「二対一だよ。その上あんたは丸腰、こっちは――」

倉野が懐を探り、棒状のものを取り出した。ナイフのようだ。刃の部分に革製のカバーがかけられている。そのカバーを取り払うと、刃が暗闇に一筋の光を放った。

顔に近づけられた刃を避《よ》けながら、おれは言う。

「現実的ではなさそうだな」

「ようやくご納得いただけましたか」

おれはセダンの後部座席に乗り込んだ。

門田がハンドルを握り、倉野がおれの隣でナイフを突きつける。

「できれば隣は、衝動的に人を刺しそうな男じゃないほうがいいのだが」

「なんだと？」

左脇腹に鋭い痛みが走る。

「血を流さないでくれよ」と門田が倉野を制し、ルームミラー越しにおれを見た。

「すみません。ハンドルを他人に握らせるのには、抵抗があるもので」

車は走り出した。

公園の横を通過し、野球場を右手に見ながら走り、住宅街に入る。一軒の古びた木造家屋の前に着いたのは、わずか五分後のことだった。自動車だから遠回りしなければならなかったが、徒歩で最短ルートを歩いても、所要時間はさほど変わらなかったのではないか。

「殺人だけのためにこの家を？」

「賃貸ですけどね。このあたりは東京二十三区の中でも安いんです。月々の家賃が十二万円」

「十二万は高いよ」

そう言って顔をしかめたのは、倉野だった。

「都内の一軒家で十二万は破格だ。そのぶん古いけどね」

「家に十二万円は払えないな」

「学生の感覚だからだろう。アビコ電算に入れば、すぐにそれぐらい払えるようになる」

他人の生命を奪っておきながら、のうのうと将来を語る図々しさに反吐が出る。

ルームミラー越しに、門田と視線がぶつかる。

「賃貸だから汚せないんです。気をつけてください」

自分の発言が気の利いたジョークだとでも思ったのか、細い目が得意げに細められた。

「駐車するので、先に降りてください」

家屋の横には車一台がぎりぎり収まる広さの駐車スペースがあった。倉野とおれが車を降り、門田が絶妙なハンドル操作でセダンを駐車する。もともと運転技術が高いのもあるだろうが、ここに駐車するのに慣れているのだろうと思えるスムーズさだった。

駐車を終え、わずかに開けたフロントドアの隙間から降りてくる門田を待ちながら、おれは周囲を見回した。

なんの変哲もない住宅街。遠くにはタワーマンションの灯りも見えるが、このあたりの建物はみな背が低く、古い。開発の手を避け続ける下町といったおもむきだ。

門田が借りているという一軒家も、そんな町並みに自然に溶け込んでいる。この家で世にも恐ろしい儀式が行われているとは、誰も想像しないだろう。二階の雨戸がおりており、それ以外の窓にも明かりはない。本当にここに茉百合がいるのか。

ふいに思う――ここで大声で助けを求めたら、どうなるだろう。

周辺の住民が気づいて、警察に通報してくれるのではないか。ちらりと横目でうかがうと、倉野も油断しているようだ。急に走り出せば意表を突くことはできるだろうし、逃げ切れるかもしれない。

いや――。

それでは結局、茉百合の安全が確保できない。自分の命を守るだけなら、最初から〈ロメロ〉にコンタクトしなければよかっただけの話だ。

門田が駐車スペースから出てきた。ポケットから鍵を取り出しながら、玄関のほうに歩き出す。

おれも倉野に肩を押され、門田の後に続いた。

門田が鍵を鍵穴に差し込む。

万事休すか。

この家の中に茉百合がいたとしても、無事に脱出するヴィジョンが見えない。おれはいったいなにをしに来たんだ。

閉じたまぶたの裏に、娘の顔が浮かぶ。

最後に会ったのは何か月前だろう。イオンでウィンドウショッピングをした後、フードコートで食事した。フードコートは麗華の希望に沿った結果だったが、本当に心の底からの希望だったのか、上階のレストラン街だと値が張るからと、気を遣っただけじゃないのか。彼女の希望なんて訊かずに、最初からレストラン街に連れていくべきだった。

――最後の後悔までどうしようもないな。

そう思った瞬間、背後でゴィンと金属音がした。

振り返ると、すぐ後ろにいたはずの倉野がいない。倉野はおれの足もとで地べたを舐《な》めていた。

代わりにそこにいたのは、借金取りの公文だった。両手で金属バットのグリップを握り、興奮気味に肩をいからせている。

「野球未経験ですか」

「あ？」

公文が殴り返すような口調で訊き返してくる。

「右利きならば左手が下に来るはずです」

散々殴られてきたからわかる。公文は右利きだ。野球経験があるならば、右手を下にした持ち方にはならない。

へへっ、と公文が肩を揺すり、言った。

「おれはスイッチヒッターなんだ」


一時間ほど前にさかのぼる。

おれは〈ロメロ〉に指定された待ち合わせ場所に向かうタクシーの車内にいた。フロントガラスを流れる夜の景色を見つめながら、耳にあてたスマホから流れる呼び出し音を聞いていた。

〈ロメロ〉から待ち合わせ場所を指定されたおれは、すぐさま自分の部屋を飛び出し、タクシーを拾って乗り込んだ。本来ならばしっかり準備をした上で対峙《たいじ》するべき相手だが、とにかく時間がない。まずはアポイントを取り付け、現場に向かう途中で策を練るしかなかった。

とはいえ、夜も遅い時間にできることは限られている。警察を動かすほどの材料はないし、動かせたとしても、それが〈ロメロ〉に悟られれば茉百合の命が危ない。

こんな時間に電話をかけて動いてくれそうな人間は、公文しか思いつかなかった。動いてくれるといっても、取り立てから逃げ回るおれに『三百六十五日二十四時間いつでも返済日の相談に乗る』というメモを残しただけで、やつにおれを助ける意図はないし、そもそも『三百六十五日二十四時間』というのが本当かどうかもわからない。いくら仕事熱心といっても、そんな借金取りいるのだろうか。

藁《わら》にもすがるとはこのことだと、自分のことながら憐れに思う。生きるか死ぬかの大事なときに頼る相手が、借金取りしかいないのか。それがおれの人生で積み重ねてきた結果なのだろう。

しかも公文に電話がつながらなければ、ほかにあてはない。無策で〈ロメロ〉のテリトリーに足を踏み入れることになる。それはもはや自殺行為だ。自己犠牲にすらならない。

『もしもし』

呼び出し音が途切れ、不機嫌を隠そうとしない声を聞いたとき、天から蜘蛛《くも》の糸を垂らされた気分だった。あろうことか公文の声でこんな気持ちになるなんて。

「おれです。債務者の潮崎です」

『知ってる。電話帳に登録している。あんたが電話してくるなんて珍しいな』

「珍しいというより初めてです」

『金が用意できたのか』

「違います」

『返済を待ってほしいという相談か』

「それも違います」

『じゃあなんだ。おれは忙しいんだ。できればすぐに電話を切りたい』

それは困る。本当に困る。

「いまなにをしているのですか」

『深夜ラジオを聴いている。おれの生きがいだ』

パンチパーマの強面が深夜ラジオとは。

人間性は多面体のようなもので、誰しも目に見える一面だけで測れるものではない。とはいえ、意外すぎる一面だった。

「すごく大事な用件です。できればラジオは録音するか、タイムフリーなどで後日聴いてもらえませんか」

『あんたにはラジオの特性がわかっていないみたいだな。ラジオってのは不特定多数に向けて発信する公共放送でありながら、リスナーにとってはパーソナルな体験なんだ。DJとともにいま、この瞬間を共有している感覚こそがラジオの醍醐味《だいごみ》といえる。

即時性が大切なんだ。深夜に書いたポエムを朝読み返すと、恥ずかしくて死にたくなるだろう。それと同じだ。録音やタイムフリーで聴くものじゃない』

「ポエムを書くんですか」

『書くわけがない。もののたとえだ』

書くらしい。おれは俄然《がぜん》、公文という人間に親近感を抱いた。

「おれはポエムを書かないので、ポエムを読み返して死にたくなる経験はないのですが、いままさに死にそうになっています」

『どういうことだ』

おれは自分がいま置かれている状況をかいつまんで説明した。とはいえ、状況が複雑すぎる。公文の疑問に答えるだけで、けっこうな時間を費やした。

だが、その甲斐《かい》あって、おれと茉百合の苦境を理解してもらえたようだ。「は？」とか「なに言ってんだ？」といった喧嘩腰の反応が次第に変わってきた。

『つまりあんたは、おれに助けてほしいと言うんだな』

聞いたことのないほど慎重な口調だった。

「そういうことです」

『おれは借金取りだぞ』

「うんざりするほどよく知っています」

『しかもあんたは不良債務者だ』

「その点については、解釈の相違が――」

『ない』と遮られた。

『期日までに金を返さないやつは不良だ。酒たばこギャンブルをやらず、飲食店の店員に横柄な態度をとることもなく、迷子の手を引いて派出所に連れていくようなやつだとしても、不良債務者が優良債務者になることはない。あんた、本当に助けてほしいと思ってるのか』

「だから電話しているんです」

『そういうところが……』

公文は舌打ちをした。『まあいい。どうしておれなんだ』

「いつでも相談に乗ってくれると、メモに書いてありました」

『それは返済の相談だ。女が拉致されたとか、あんたが殺されるかもしれないとか、そういう相談じゃない』

「おれが殺されたら返済できなくなります」

『殺されなくても返済しないだろう』

「先日、きっちり返済義務を果たした債務者にたいする発言とは思えません」

『一回ぶん払っただけでどうしてそう偉そうな口が叩ける』

「あのとき、おれは暴行を受けました」

『あれは悪かったと思ってる』

つゆほども悪いと思っていなそうな口調だった。

「被害届を出すこともできました」

『調子に乗るな。いまの話を聞く限りだと、あの二十万は女がデリヘルで稼いだ金だ。返済のために用意していたものじゃない。あんたは女が身体を張って稼いだ金を、借金の返済に充てた屑だ』

「その金づるも殺されようとしている」

『金づると言い切ったな』

「なんでもいい。おれに返済能力がなくても、あんたは茉百合から金を引き出せる。そういう意味では、おれと茉百合を救うことは、返済の相談の範疇《はんちゅう》と解釈できる」

『相変わらずのへらず口だな。いま目の前にいたらたぶん、手が出てる』

そう言ったものの、公文は葛藤しているようだった。黙り込んで熟考しているようだ。

『しばらく考えさせてくれないか』

「そんな時間があるのなら、あんたに連絡してない」

『あんた、本当にいまおれの目の前にいなくてよかったな』

いまいましげな口調だった。『相手は殺人鬼なんだろ。しかも三人。おれだって命懸けになる』

「三人のうち二人の顔は知っている。喧嘩は弱そうだった」

『だったらあんた一人で大丈夫じゃないか』

「二対一だと分が悪いし、喧嘩が弱いといっても、おれよりは確実に強い。喧嘩が弱そうというのは、あんたを基準にしている。あんたはたぶん、喧嘩が強い。あれほど暴力に躊躇がないんだから、きっとそうだ」

『なんだそれ』

あきれながらも、まんざらでもなさそうな反応だった。

『場所を教えろ。行けたら行く』

「行けないことはない」

『勝手に決めるな』

「深夜ラジオぐらいしか予定はないんだろう」

『このままラジオを聴き続けて至福の時を過ごすか、不良債務者を救うために夜中に車を飛ばして命を張るか、決めるのはおれだ。行けたら行く』

「行けたら行く、は、世間一般では断り文句として認識されている」

『おれは言葉通りの意味で言ってる。行けたら行く。それ以上の確約はしない。決めるのはおれだ。それが嫌ならほかをあたれ』

他人に説得されるなどまっぴらごめんということだろう。

おれは公文に潜在的なヒーロー願望があるのを期待しつつ、〈ロメロ〉に指定された待ち合わせ場所を伝えた。

そして、通話を終えた後で、チャットや通話履歴の削除作業に移った。

「駆けつけてくれると信じていた」

おれの言葉に反応して鼻に皺を寄せたのは、公文なりの照れ隠しだろう。

「だいたい、あんた――」

そこまで言って、公文が突如、金属バットを振り上げる。

思わず身をすくめたおれを押しのけ、門田にバットを振り下ろした。当たりどころが違うのか、倉野のときよりもっと鈍い音だ。ひいっ、と当初こそ悲鳴を上げていた門田だったが、何度か殴られるうちに静かになり、最後は意識を失って泡を吹いた。

助けてもらって感謝はするが、さすがにやりすぎじゃないだろうか。

公文がこちらを振り返る。

「あんた、キョロキョロまわりを見すぎなんだ。気づかれるんじゃないかと肝を冷やしたぞ」

「すまない。現実世界での探偵業務は不慣れなもので」

彼が行けたら行く、なんて言い方をするからだ。

河川敷でセダンに乗せられそうになったときにだらだらと無駄話をしたのは、公文が駆けつけるまでの時間稼ぎと、すでに公文が到着しているのなら、その姿を確認したいからだった。結局その姿を確認することはできなかったが、公文はしっかりと闇に紛れていたらしい。

「こいつら、本当に殺人鬼なんだろうな」

公文が横たわる二人を見下ろしながら、少し不安げな顔になる。門田は白目を剝《む》いて泡を吹いているし、地面にうつぶせに倒れた倉野の頭のあたりには血液と思われる染みが広がっていた。相手が殺人鬼であろうがなかろうが、公文のしたことは立派な犯罪だ。

いまは真っ当な指摘をして公文を我に返らせるべきではない。

「間違いなく殺人鬼だ」

「ならいいんだが」

よくはないが、おれは頷いた。

扉を開けて三和土に足を踏み入れる。

その瞬間、おれは言葉を失った。公文も異様な光景に圧倒されたようだ。

玄関からのびた廊下に、青いビニールシートが敷き詰めてあるのだ。壁には吸音材だろうか、全面にスポンジが貼ってある。

被害者が悲鳴を上げても外に音声は漏れず、体液で床が汚れることもない。拷問と殺人のためにカスタマイズされた賃貸物件だった。真相が明らかになり事件が報道されれば、未来永劫《えいごう》借り手のつかない事故物件と化すのではないか。

「なんだこれ。ヤバいな」

さすがの公文も怯《ひる》んだ様子だった。こちらを向いた顔は真っ青になっており、パンチパーマと相まってリアル大仏さまだ。

「殺人鬼は三人組で、残り一人なんだよな」

「しかも残り一人は女」

「じゃあ大丈夫か」

表情に血色を取り戻した公文とともに家に上がろうとしたそのとき、廊下の奥の部屋から、茉百合が顔を覗かせた。

「社長」

「茉百合！　大丈夫――」

おれが言葉を切ったのは、茉百合に続いて、もう一人、部屋から女が出てきたからだった。身長はやや茉百合より低いが、顔立ちの雰囲気はよく似ている。予備知識なしでも血縁とわかるだろう。

　間違いなく茉百合の姉のマリだ。

　おれは茉百合を観察した。乱暴や拷問を受けたような雰囲気ではない。それどころか、拘束すらされていないようだった。

　公文が戸惑った様子で、茉百合とおれの間で視線を往復させる。茉百合に危機が迫っていると聞いたのに、話が違うじゃないかとでも思っているらしい。

「迎えに来た。一緒に帰ろう」

　おれは茉百合に向かって手を差し伸べた。

　茉百合は動かない。あちこちに泳ぐ視線が、彼女の逡巡を示している。なぜだ。なぜ一歩を踏み出さない。

　おれはゆっくりと、三和土から廊下に片足を上げた。

「帰って」

　はっきりとした拒絶だった。

「どうしてだ」

　茉百合がちらりと姉を見る。

　茉百合とよく似ているのに茉百合とは比べものにならないぐらい酷薄な印象の姉が、こくりと頷いた。

その瞬間、茉百合の意図が伝わった気がした。

「無駄だ。ここで逃がしたところで、いつまでも逃げ切れるわけがない。お姉さんには罪を償うべきだ」

「警察に捕まったら、私は死刑になる」

マリの無機質な声は、茉百合を自在に操る呪文のようだった。揺らぎを見せていた茉百合の視線が、しっかりとした意思を持つ。

「お姉ちゃんを殺させない」

「おいおい。そいつは何人も殺してるんだろ」

公文が信じられないという顔で肩をすくめる。

「お姉ちゃんがこうなったのは、私のせい」

「そんなことはない。きみの〈めも〉を見た」

茉百合が軽く目を見開く。「お姉さんを助けてあげられなかったと、自分を責める気持ちはわかる。でも、きみは子どもだった。なにもできなかったんだ。きみは悪くない。悪いのは小林という男だ」

「小林が悪いのなら、お姉ちゃんは悪くない」

「部外者が意見して申し訳ないんだが」と、公文が律儀に手を挙げる。

「百歩譲ってその小林っていう悪い男のせいで姉ちゃんが人殺しになったとしても、

その後何人も殺した言い訳にはならないんじゃないか」

「倉野と門田に脅されて、言うなりになるしかなかった」

マリが言い、茉百合が頷く。

「そう。お姉ちゃんは利用されただけ」

おれもそう思っていた。だが、実際にマリと会ってみて印象が変わった。とてもではないが、さっきの二人に利用されるようなかよわい女には思えない。

倉野と門田がどう思っていたのかはわからないが、実質はマリが二人を操っていたのではないか。

「茉百合！」

おれが大声を出したのは、マリの右手に包丁が握られているのに気づいたからだった。

おそれていたようなことは起こらず、マリは妹の手に包丁を握らせた。

「あいつを殺して」

茉百合が弾かれたように姉を見る。

「私はあなたの身代わりとして、小林からつらい目に遭わされ続けた。そのせいで人殺しになって、世を忍んで生きなければならなくなった。いままた、あなたが連れてきた男のせいで警察に捕まるかもしれない。何度私の人生を邪魔するの」

「認知がゆがみすぎだろう。なんでもかんでも他人のせいか。クソ親のもとで育った子どもが、全員殺人鬼になるわけじゃないぞ」

公文が至極真っ当な常識人に思えてくる。

マリは無視して妹に言った。

「あいつらを殺して一緒に逃げよう。誰も私たちのことを知らないところで、一緒に暮らそう。これまでしてきたことを償うチャンスをあげる」

「茉百合！　そいつの言うことを聞くな！　きみに罪悪感を植えつけようとする人間が、きみに愛情を抱いていると思うのか！」

茉百合は包丁の柄を両手で握り、刃をこちらに向けた。その目ははっきりとおれを見据えている。

「やめとけ。他人にたいして躊躇なく暴力を振るえるのは才能だ。他人を傷つけて、自分は悪くないって開き直れるのもな。手が震えてる時点で、あんたに姉ちゃんのような才能はない」

公文の指摘する通り、包丁を持つ茉百合の手はわなわなと震えていた。

「そんなことない。私だって最初は緊張した。でも、そのうち慣れるから大丈夫」

「二人で殺人行脚《あんぎゃ》か。とんでもない妹想いの姉だな。そんな人生、幸せなのは姉ちゃんだけだ。あんた、一生その女にいいように利用されるぞ」

「あなたはそれだけのことをしたの。私の人生を歪めた。人生を懸けて私に償う必要がある」

「耳を貸すな。その女の残虐性は生まれつきの才能だ。あんたのせいじゃない」

「あの男を刺して。茉百合の決意の固さを証明して」

茉百合が一歩、二歩と足を踏み出す。遠目からでもわかるほど汗だくで、全身でわななないていた。

「おれが……」

金属バットを手に応戦しようとした公文の肩に手を置き、おれは廊下に立った。

「おい。大丈夫か」

「大丈夫」と応えつつ、膝ががくがくと震えている。だが、ここで逃げ出すわけにはいかない。私たち家族の問題だと、茉百合は〈めも〉に投稿した。そんなわけがない。こんなに多くの生命を奪って、人の人生を狂わせて、家族の問題で済ませられるわけがない。茉百合に清算しなければならない過去があるように、おれにだってある。おれのせいで罪もない女たちが殺された。

おれは両手を広げた。

「きみはお姉さんとは違う。刺せるものなら刺してみろ」

そんな台詞を吐きながら、声まで震えているのだから情けない。

「潮崎ちゃん、やめとけ。本気だぞ。本気で刺されるぞ」

余計なことは言わないでほしい。

「これがきみの望んだ未来なのか。イケメン俳優やお笑い芸人と仲良くなる夢を捨ててまで、やりたかったことなのか。彼女にそれほどの価値があると言うのか」

「ある。だってお姉ちゃんだから」

断言された。

茉百合が一歩、おれに近づく。

呪いだ、と思う。殺人鬼の姉は、妹に呪いをかけた。姉が生きている限り、その呪いは解けない。

「胸じゃなくて首を斬ったほうがいい。胸だと肋骨に当たってしまうかもしれない」

そんなアドバイスをする姉が、どこの世界にいる。

「潮崎ちゃん。かっこつけて刺されたら世話ないぞ」

わかってる。それでも、ここでマリを逃がして、多くの人間の死の原因を作った事実を抱えたままでは生きていけない。びびりで小心のおれには荷が重すぎる。

とはいえ、ここで死にたくもない。

おれを見つめる茉百合の瞳の異様なぎらつきに、背筋が冷たくなる。

茉百合がまた一歩、近づく。

殺気に反応したおれの顔の産毛が、ぞわりと逆立つ。

やっぱり、逃げるか……？

逃走にそなえて体重を後ろにかけようとしたそのとき、茉百合がしゃがみ込み、包丁を床に置いた。

「茉百合！」

マリは鬼の形相になっている。

「ごめんなさい。お姉ちゃん、私には人を殺せない」

「あんた、わかってるの？　このままだと私は捕まっちゃうのよ。あんたのせいで」

「妹のせいにすんな」

おれの背中越しに公文が言う。

「お姉ちゃんには、つらい思いをさせた。すごく後悔している。でもお姉ちゃんも、たくさんの人につらい思いをさせた。それは償わないといけない」

「私がこうなったのは誰のせいだと思ってるの」

「なんでも他人のせいにするな」

「うるさい！」

ほとんど金切り声になっていた。

「あんた、最後まで私を苦しめるのね」

「ごめん」

「ごめん、じゃ済まない」

「ごめん。私、お姉ちゃんの罪、一緒に背負えない」

最後のほうは涙声になっていた。

「茉百合、私を裏切るの」

「帰るね」

姉の制止も聞かず、茉百合がとぼとぼと歩き出す。

よかった。茉百合が戻ってきた。

そう思って肩の力が抜けた瞬間だった。

茉百合の肩越しに見えていた、マリの頭が消えた。

マリは床に置かれた包丁めがけて駆け出していた。茉百合を刺す気だ。

おれはとっさに床を蹴り、茉百合を押しのけて包丁に飛びついた。

マリの狂気じみた瞳と視線がぶつかって戦慄《せんりつ》したが、幸いなことにおれのほうがわずかに早く包丁の柄をつかんだ。

獣のような叫び声を上げ、マリが襲いかかってくる。

おれはその腹に、包丁を突き立てた。

「なるほど」

縦長の依田がうんうんと頷きながら、テーブルの上で両手を重ねる。

「ってことは、あれか」と、うろうろと歩き回っていた横長の永嶋がテーブルに両手をつき、おれに顔を近づけてくる。

「あんたには明確な殺意があった……ってことか」

「昼食はレバニラ炒めですか」

「あ？」

「臭いがすごいので」

おれが自分の鼻をつまんでみせると、永嶋の顔がいっきに赤くなった。

「てめえ、バカにしてるのか」

「よせ、永嶋。おれも指摘しようか迷っていた」

なっ、と絶句した永嶋が、自分の手に息を吐きかける。

依田があらためて確認する。

「小林が落ちている包丁を拾い、灰原茉百合さんを刺そうとしているのに気づいたあなたは、灰原さんを押しのけて包丁に飛びつき、小林の腹部を刺した」

「間違いありません」

刃が肉にめり込む嫌な感触が、いまでも手に残っている。

「そこまでだと過失致死という捉え方もできると思いますが、小林にたいする殺意があったと言うのですか」

「そうです。力を込めてさらに深く差し込んだし、手首をひねって傷口をえぐった。彼女を殺そうと思っていたし、実際にそうなりました」

おれがいるのは、警視庁本部庁舎の取調室だった。小林茉莉《まり》殺害の取り調べを受けている。

「どうしてそうかたくなになる。誤って刺してしまった。殺すつもりはなかった、で、いいじゃないか」

永嶋が大きく両手を広げる。口臭を指摘されたのを気にしているのか、やや距離をとっていた。

おれは永嶋を見上げた。

「なぜですか」

「は？」

「罪を軽くしようとするのは、おれがＯＢの甥だからですか。それとも、おれたちの話をまともに取り合おうとしなかった罪滅ぼしですか」

永嶋の顔が大きく歪む。

依田のほうは率直だった。

「はっきり言ってそうです。小林、倉野、門田を捕まえるのは、本来ならば私たちの仕事でした。なのに、あなた方の話に真面目に耳をかたむけず、危険な目にも遭わせてしまった。申し訳ないと思っているし、感謝もしています。あなたが罰せられるのは本意ではない。市民感情もそうでしょう。あなたを英雄視する向きもある」

「英雄じゃない。おれは屑だ」

小林は死に、倉野と門田は救急搬送されて一命を取り留めた。生き残った二人への取り調べから、〈ロメロ〉の犯行の全貌が明らかにされている。二人の供述をもとに山中に遺棄された死体もいくつか発見されたようだが、まだ全員ぶんが見つかったわけではないらしい。発見された遺体には、ジヨンと小堀美里のものもあったという。ジヨンは〈emi〉、小堀美里は〈ミサト〉というアカウント名で、おれのネトカノだった。そのことが原因で〈ロメロ〉に狙われ、命を落とした。

倉野と門田はほかにも〈ミキ〉こと三木本《みきもと》一恵《かずえ》、〈景織子〉こと笹倉《ささくら》京子《きょうこ》の殺害を自供しており、警察が遺体を捜索中だという。

おれのせいで四人が死んだ。間違っても英雄視されていい人間じゃない。

まだ報道はされていないが、ネットの匿名掲示板では被害者の個人情報が晒されており、謎のネトカレの存在まで囁かれ始めているという。英雄視していた連中がおれをサンドバッグにするのも時間の問題だ。

「刑務所に長く入りたいっていうなら、別にかまわないんだけど」

　永嶋が困り顔でこめかみを人差し指でかく。

「長く入りたいと思っているわけじゃない。嘘をついてまで刑期を短くしたくないと考えているだけだ」

「意外です」と依田が眉を上下させる。

「失礼ながら、最初にお会いしたときには、それほど誠実なお人柄だとはお見受けしていませんでした」

「さっきも言ったようにおれは屑です。それは間違いない。おれのせいでたくさんの人を不幸にした。だから幕引きだけは、せめて嘘をつきたくない。そう思っただけです」

「だがあんた、娘さんがいるだろう」

「ええ」

「殺人と過失致死じゃ、世間体もだいぶ違うぞ」

「別れた妻と娘には、申し訳ないと思っています。でも娘には、嘘をついて罪から逃れるような大人になってほしくありません」

「背中で語る父親……ですか」

「そんなたいそうなものではありません。たんなる反面教師です」

永嶋が壁に背をもたせかけ、腕組みをする。

「檜山さん、泣くぞ」

「これまで散々迷惑をかけてきたので、これぐらいでは泣かないと思います」

「わかりました。あなたを殺人罪で逮捕することにします」

礼を言うのも変なので、おれは目を閉じて謝意を示した。

「そういえば、衣類の差し入れがありました」

依田が話題を変える。

「茉百合ですか」

「違います。中山《なかやま》さんという方です」

「中山？」聞き覚えのない名前だ。

「親戚ではないのですか。かなり高齢の男性で、頭に日本地図のようなシミがあった
そうですが」

わかった。アパートの隣室の爺さんだ。

毎日のように大音量でＡＶ鑑賞していた迷惑料ってところか。まったくなにがどう
巡るかわからないものだ。

おれは笑いを堪えきれなくなった。

「なにがおかしい」

おれの笑いが空気を緩めたらしく、永嶋も含み笑いをしていた。

「いえ。別に」

「灰原さんが気になりますか」

「ええ、まあ」

茉百合を救おうとした結果だったとはいえ、おれは彼女の姉を殺した。冷酷で残虐な殺人鬼には違いないが、茉百合にとっては血を分けた実の姉で、懸命に捜し続けた存在だった。気にはなるが、彼女に合わせる顔がない。もともと、住む世界が違う相手だった。いまは落ち込んでいるかもしれないが、あれだけ賢く、したたかな女だ。

女子アナは残念だったが、就活に力を注げば内定なんてすぐだろう。

「警察の事情聴取には気丈に応じてくださっていますが、内心穏やかではないでしょう。小林茉莉は実の姉だったわけですから」

「あんたへの感情も複雑だろうな」

永嶋に顎をしゃくられた。

「灰原さんは、潮崎さんの経営する会社でアルバイトをされていたんですよね」

依田の質問に、おれは頷いた。

「そうです」

「もともとお知り合いだったんですか」

「いいえ。首都テレビの依頼で、おれが彼女のSNS採用調査を行ったのがきっかけです」

「SNS採用調査というのは、いわゆる裏アカを特定するお仕事ですよね」

「ええ」

「それがなぜ、アルバイトのきっかけに？」

「おれが彼女の裏アカを突き止めたせいで、彼女の採用がなくなったんです。それで、彼女がうちに押しかけてきて」

笑い話にならなかったのか、依田と永嶋が互いの顔を見合わせる。

「彼女の採用がなくなっただと？」

「灰原さんがそう言ったのですか」

怪訝そうにする二人の反応の意味がわからない。

二人の顔を交互に見ていると、永嶋が口を開いた。

「彼女は首都テレビから内定をもらって、来春から勤務することになっていると話していたぞ」

すぐには反応できなかった。どういうことだ。おれはいま、なにを聞いた？

「茉百合が内定をもらった？」

たしか内定は出ていない状況で裏アカが発覚し、不採用になったと話していた。内定取り消しではない。

茉百合は嘘をついていた？

なんのために？

そんなの決まってる。うちで働く口実にするためだ。裏アカが発覚したことで不採用になり、特定にかかわった業者を逆恨みして怒鳴り込む。どうやって裏アカを特定したかを聞き出し、自らもほかの就活生の足を引っ張るためにアルバイトしたいと申し出る。最初からそうやって、物語を作っていた。

だとしたら――。

「安田……」

「安田？　誰ですかそれは」

「なんでもないです」

安田のお手柄だ。おれは人事部長の安田の部下である森本とやりとりしていた。森本には、間違いなく茉百合の裏アカを報告した。当然ながら、森本は上司である安田に、茉百合を落とすよう進言しただろう。局の看板となりうる女子アナ候補が、デリヘルでアルバイトをしていたのだ。

だが、安田は握りつぶした。一晩だけの関係と言っていたが、茉百合は安田としっかり愛人契約でも結んでいたのではないだろうか。ＳＮＳ採用調査の情報も、調査を担当するおれの存在も筒抜けだった。

——デリヘルでバイトしていることが明らかになって、安田もきみをかばいきれなくなったってことだな。

ドヤ顔で披露したおれの推理を、茉百合はどんな気持ちで聞いたのだろう。安田はしっかりかばったのだ。

自分の裏アカを突き止めた業者に興味を抱いた茉百合は、姉の捜索に役立つかもしれないと考え、不採用になった学生を演じておれのもとを訪れた。〈めも〉の投稿は自分の作り上げた設定に沿ったもので、真実ではなかった。

……待てよ。

茉百合は姉を捜してどうするつもりだったのだろう。連続殺人鬼となった姉。最初は凶行を止めようとしていると思った。アジトに乗り込んでからの茉百合は、姉を逃がそうとしているようだった。一緒に逃げようという姉の提案に、葛藤しているようでもあった。

本当にそうだろうか。

茉百合は首都テレビの女子アナに内定していた。同年代よりもはるかに高額なサラリーをもらいながらイケメン俳優や人気芸人たちとも仲良くなり、自らも芸能人のようにちやほやされる未来を、棒に振ろうとしたのか。

ありえない。

だとしたら、あの葛藤は演技だったことになる。

なぜそんな演技をしたのか。

おれに姉を殺させるため——か。

茉百合にとって姉は時限爆弾だった。女子アナとして人気が出てから姉が逮捕されでもすれば、一大スキャンダルだ。茉百合自身にはまったく非がなくとも、企業としては火種を大きくしたくない。茉百合を人前に出ない部署に異動させるかもしれない。だから就職前に、姉の存在を消したかった。もちろん、自分の手を汚しては華々しい将来への門が閉ざされてしまう。

茉百合はおれに身辺整理をさせたのか。

最初から、それが狙いだった？

「どうした？」

眉をひそめる永嶋の頬には、怯えが浮かんでいる。

おれは無意識に笑っていたらしい。

「なんでもないです。取り調べを続けてください」

おれは自分の口もとを手で覆い、笑いを収めた。

いまとなっては真実がどこにあるのか、わからない。

それでもおれの推理が正しければ、茉百合がおれの想像以上にしたたかな女ならば、おれも少しは救われると思った。

エピローグ

刑務官に礼を言い、おれは娑婆《しゃば》への一歩を踏み出した。

少し歩いて振り返る。六年という月日を過ごした刑務所の高い外壁が、どこまでも続いている。

外壁沿いに歩きながら、バッグからスマホを取り出した。おれが収容されている間に、電子技術はどこまで進歩したのだろう。そんな古臭いものを持ち歩いてと奇異な目で見られるのだろうか。それとも、もはやスマホに代わる連絡アイテムが普及しているかもしれない。小学生が入学し、卒業するまでの長い期間、世間から隔絶されていたのだ。けっして短い時間ではない。

スマホの充電は切れていた。

駅に向かいながら電話ボックスを探す。

しばらく歩くと、昭和の時代にタイムスリップしたかのような外観のたばこ店を見つけた。狭いたばこ販売用カウンターがあり、店内にはちょっとした日用雑貨が置いてある。店先には公衆電話もあった。

おれはたばこ販売用のカウンターに向かった。くすんだガラスのショーケースの中には、『わかば』まで網羅されている。逮捕前まで愛飲していた赤いマルボロのボックスも、もちろん置いてあった。

おれは品揃えを懐かしく眺めただけで、公衆電話の受話器を手にした。せっかく強制的に禁煙できたのだから、しばらくはこのまま我慢してみよう。

十円玉を何枚か握った手で、刑務所から何度もかけて身体が覚えた番号をプッシュした。

十秒ほどの呼び出し音に続いて、華世の声がした。

『はい。大沢《おおさわ》です』

華世は『オオバカヨ』にはならなかった。おれは大場のパパ活を告げ口しなかったのだが、やはり裏の顔に薄々勘付いていたのかもしれない。おれの逮捕後にほどなく破局したらしく、いまでは栃木の実家に戻って両親の農業を手伝っている。

「おれだ」

『あら。もう出てきたの』

「もうって、六年も入ってたんだ」

『そんなに経つんだっけ』

「そりゃそうさ。麗華だって来年には高校受験を控えてるんだろう」

よりを戻すつもりはないらしいが、それでも腐れ縁だと思ってくれたのか、華世は何度か面会に来てくれた。ときおり送ってくれる娘の成長を記録した写真が、長い刑務所生活で唯一の潤いであり、支えだった。

残念ながら麗華が面会に来てくれることはなかったが、難しい年ごろにさしかかった上に父親が殺人犯ともなれば、昔のように無邪気に慕ってくれるのを期待なんて、虫が良すぎる。

「麗華はいま学校か」

『うん。毎日部活で忙しくしてる。その情熱を少しは勉強に向けてほしいんだけど』

中学校に入った麗華がブラスバンド部でトランペットを担当しているのは、華世から聞いていた。両親とも音楽の素養は皆無なのに、部内ではかなり優秀なプレーヤーらしい。一度でいいから、こっそり演奏会を聴きに行ってみたい。

『とにかくお疲れさま。久しぶりにお酒が飲めるわね。六年ぶりのビールって、どれだけ美味しいんだろう』

華世の話を聞いただけで、口の中によだれが溜まってくる。

ふいに、たばこ販売用カウンターの向こうに光が見えた。

液晶テレビの画面が放つ光だ。

奥は住居になっているらしく、婆《ばあ》さんが折りたたんだ座布団を枕に寝転びながらテレビを見ている。

おれは受話器のコードが届く限り、たばこ販売用カウンターに近づいていた。

テレビ画面の中には、茉百合がいた。もともと人目を引く容姿だったが、いまではさらに洗練されて美しさに磨きがかかった印象だ。なんの番組かわからないが、フリップを両手で持ちながら、笑顔で視聴者に語りかけていた。

婆さんがこちらを振り向いたので、慌てて視線を逸らす。

『これからどうするの』

「保護司に会いに行く」

『仕事とか、住むところは？』

「友達がいろいろ面倒を見てくれることになっている」

『意外。友達なんかいたんだ』

「失礼だな。おれだって友達ぐらいいる」

華世の言いたいことはわかる。親友とも呼べる存在にメロンパンアイスの売り上げ金を持ち逃げされて以来、おれは他人を信用することができなくなっていた。

『よかった。どんな人なの』

「どんな人……信頼できるやつだ」

『またそんなこと言って。簡単に人を信用しすぎないでね』

「殺人罪で服役しても友達でいてくれるんだ。信用はできるだろ」

ともに修羅場を経験して連帯感が生まれたせいか、公文は頻繁に面会に訪れてくれた。出所したら必ず全額返済させてやると息巻くわりに、身元引受人になってくれたり、アパートや就職先を手配してくれたりと世話を焼いてくれる。公文にここまで感謝する日が来るとは思いもしなかった。

十円玉の通話時間が終わりに近づき、警告のブザーが鳴る。

追加の十円玉を投入しようとしたが、やめた。話し足りないからといって硬貨を追加していたら、ここで全財産使い果たす羽目になる。

「切る」

『わかった。元気で』

「いつか会いに行っても――」

通話は切れていた。

これでよかった。おれに必要なのは、立ち直ったら会いに来てもいいという約束ではなく、まず立ち直ろうとする努力だ。

駅に到着すると、おれはポケットからメモを取り出した。

保護司の住む場所の最寄り駅が書いてある。

駅員にここに行くにはどの方面の列車に乗ればいいのか、いくらの切符を購入すればいいのかを訊ね、運賃ぶんの切符を購入した。

改札をくぐり、階段をのぼっておりて、駅員に教えられたホームに立った。

運の良いことに、ちょうど列車が近づいているようだ。

「白線の内側までお下がりください」

アナウンスが流れ始めた。

と、そのときだった。

少し離れた場所に立っていたくたびれたスーツの男が、胸を押さえてしゃがみ込む。

体調でも悪くなったのか。

平日日中のホームは閑散としており、ほかに乗客の姿はない。

おれは男に駆け寄った。

「大丈夫ですか」

男はうずくまったまま、ゆらゆらと手を動かしている。大丈夫、とも、大丈夫じゃない、とも解釈できるようなしぐさだった。

「駅員を呼んできましょうか」

ホームを見回すおれに、男は「ちょっ……ちょっ……」と手招きをする。今度ははっきりわかる。立ち上がりたいので手を貸してほしいという動きだ。

おれがしゃがみ込むと、男はおれの腕をよじのぼるようにして立ち上がった。かなり乱暴な手つきだが、苦しみのために余裕がないのだろう。

そう思ったが――。

男はおれの胸ぐらをつかみ、顔を近づけてきた。

「なんでこの場所かわかるかい」

低くしゃがれた声。

男は頭が禿げ上がり、眉を手入れしておらず、口の周囲は伸びかけのひげで青かった。

なにを言われているのか理解できなかった。

なんだ、酔っ払いか。心配して損した。

頭をよぎったのは、その程度の考えだ。

「この場所が防犯カメラの死角なんだ」

それが問題の答えらしいが、正解を聞いても意味がわからなかった。

男が矢継ぎ早にクイズを出してくる。

「おれが誰かわかるかい」

とてつもない難問で、しかし、ある意味では簡単な問題だった。

考える必要もなく、男の顔に見覚えはない。

「知るか」

おれは即答した。

だが同時に、男が正解を告げていた。

「小堀美里の父親だ」

「えっ……？」

訊き返したと同時に、おれの身体は宙に投げ出されていた。

男は小堀美里の父親と言った。ネトカノの〈ミサト〉。おれをおびき出すためだけに〈ロメロ〉に襲われ、無残な死を遂げた女。

そういうことか。

理解すると同時に、全身を地面にしたたかに打ちつけた。

おれは線路の上に落ちていた。

小堀美里の父親が、ホーム上から感情のない目で見下ろしている。

まあ、こうなるわなと、すんなり納得した。多くの人の人生を狂わせた償いが、何年か自由を制限されたぐらいで済むはずがない。

けたたましい警笛が聞こえる方角に顔を向ける。

巨大な鉄のかたまりが、猛スピードで近づいていた。

本書は書き下ろしです。
この物語はフィクションです。作中に同一の名称があった場合でも、
実在する人物・団体等とは一切関係ありません。

宝島社
文庫

嘘つきは殺人鬼の始まり　SNS採用調査員の事件ファイル
（うそつきはさつじんきのはじまり　えすえぬえすさいようちょうさいんのじけんふぁいる）

2022年4月20日　第1刷発行

著　者　佐藤青南
発行人　蓮見清一
発行所　株式会社 宝島社
〒102-8388　東京都千代田区一番町25番地
電話：営業 03(3234)4621／編集 03(3239)0599
https://tkj.jp
印刷・製本　中央精版印刷株式会社

ISBN 978-4-299-02805-1